# 少年時代

安野光雅

山川出版社

# 少年時代

## 「オレハ村中でイチバン」のこと――まえがき

小学二年生のとき、藤本先生という（大好きな）先生が担任だった。わたしは体操（体育）がきらいで、なかでもお遊戯は大きらいだったから、いつも「腹が痛い」と仮病を使って見学した。

「ウサギノダンス」とか、運動会でみんなが踊る練習らしかったが、仮病を使っていると、ダンスの順序もなにもわからない。しかし、あんなものは、ひとのやるとおりにやっていればできる、とたかをくくっていた。

ジャンケンポンヨ
アイコデショ

アラアラダメヨ
モウイチド

と、歌は覚えているからふしぎである。

運動会の当日は、一拍も二拍も遅れてついていく子があるものだが、じつはわたしがそうだった。見物の親たちはみんな「あの子は頭が悪いんだね」とおもったに違いない。たとえ一拍でも、みんなに遅れると目立つものだと知ったのは、のちに教員をやったことがあるからである。

でも、そういうことは、長い間おもいだしたこともないから、お遊戯の練習のつらさをおもえば、休んでよかった気がする。そのことは、大人になっても同じで、いわゆる社交ダンスというものはいまもできない、やろうともおもわない。

金山の治ちゃんという大恩人がいて、かれが本を貸してくれた。それはわたしが本好きになることのはじまりだった。


この本を『少年時代』と名づけた。

好きなのは絵を描くことで、遊んでばかりいる、夢見がちなただの子どもであった。

気がついてみたら、日本は戦争に負け、父はもうろくし、父の里の徳山市は、海軍燃料廠《ねんりょうしょう》があったせいもあって爆撃で丸焼けで、食うために代用教員でもやろうか、という状況だった。「絵描きになりたい」とおもったが、それが生活することとどのような関係にあるかは考えなかった。ぼんやりと日を送っていたとき、幸運というべきか、たまたま講演にこられた小原國芳《おばらくによし》先生に、「玉川学園の絵の先生にならないか」と、いまのことばでいうとスカウトされたのは、一大椿事《ちんじ》であった。

わたしは背広を裏返しに仕立てなおしたものを着ていた。膝には風呂敷包みが一個。そのころ小田急電車は二輛編成だった。玉川学園はすばらしい自然のなかにあった。

わたしはすっかり気後《きおく》れしていたが、とにかくもう田舎には帰れないとおもった。もし帰ったとしたら面接で落とされたとひとはいうだろう。でも、やっと小原先生に会えて、いったん徳山へ帰り、身の回りのものをもってもう一度東京へでた。絵の先生になるはずだったが、学園も火の車で百科事典を出して金をつくる必要があった。わたしはその編集部へやられ、目の回るような忙しさで、東京へ出てきたといっても、たとえば銀座がどこにあるかわかるはずもなかった。そのころ町田のあたりのひとは、「ちょっと東京まで行ってきます」といったというから、玉川学園のあたりは東京という概念のなかには入らなかったのかもしれない。

昭和二十四年に三鷹《みたか》事件が起こり、翌年には映画「羅生門《らしょうもん》」（黒澤明監督）が上映され、二十六年にはヴェネチア映画祭でグランプリを受賞した。出演は、三船敏郎、森雅之、京マチ子で、戦後はじめての朗報であった。

わたしが東京へ出ていったのは、昭和二十五年である。エノケンが歌った、有名な歌「洒落男」がある。

俺は村中で一番
モボだといわれた男
うぬぼれのぼせて得意顔
東京は銀座へと来た

ある休みの日、わたしははじめて東京を見に行った。はじめての東京で、印象に残っている光景が、自転車が立てかけてあったことだ。あれは新宿の小田急線の近くだったとおもうが、そのほかは覚えていない。新宿はむかしの駅の建物と、二幸《にこう》と伊勢丹がかろうじて残っていたが、そのほかは見わたすかぎりの焼け野原だった。新宿から東中野あたりまで丸見えだった。

富士山も丸見えだった。山手線は何周しても十円だから、二回りはした気がする。そうして東京を二回り見た。一面の焦土の状態は徳山と少しもかわらなかった。

なんだ徳山と同じなのか、という感慨は、わたしにとって衝撃だった。この気持ちはわかってはもらえまい。焦土はいずこも同じである。つまり焦土はスタートラインだった。


あのとき、わたしの少年時代はおわった。遅かったけれど、「位置について」という号令にわたしは慄然《りつぜん》とした。

勉強をしよう。みんなは勉強している。これまで村中で一番碁が強いなどと得意になっている場合ではなかった。村中で一番といってもせいぜい六級ぐらいで、碁が強いのが偉いのなら、その後わたしがいった学校には五段が一人、三段が二人もいた。

トランプで総取っ替えというのがある。あれだ、つまりリセットである。東京で、わたしの少年時代を知っているものはひとりもいない。ダンスが好きだといっても、だれも疑うものはない。その意味で、わたしくらい、はっきりと青年時代に移ったものも少ないだろう。

好きだった本を片っ端から読んだ。週刊誌が三十円だった。そのころ岩波文庫の一つ星が三十円だった。「位置について、ヨーイ」という、あの号砲のために、わたしは焼け野原的な無一文から走りはじめた。

たとえば『カルメン』は舞台とは違って、杉捷夫《すぎとしお》の訳がおもしろい、ホセの許嫁《いいなずけ》はでてこない。『モンテクリスト伯』『エセー』なども読んだ。王様の初夜権がなぜ合理的なのか、目から鱗が落ちたのも『エセー』を読んだおかげである。

書けば知ったかぶりになりそうでこわい。

平凡社の『世界美術全集』を読んだ。中世を担当した堀米庸三《ほりごめようぞう》なきあとは樺山紘一《かばやまこういち》の解説で納得した。筑摩書房の『現代日本文学全集』を買ったときはうれしかった。はじめは配本に負けずに読んでいたが、ついに追い抜かれた。本だけは少年時代の続きだった。

なにごともおもしろかった、おもしろいところしか歩かなかったともいえる。のちに書くインターレストの学習だったからなんの資格もないが、おもしろいだけだった。

いまおもうと、本の題名にした〝少年時代〟ははるかむかしのことになった。でもおもいだすのはきのうのことではなく、少年時代のことである。歳をとったからむかしのことがなつかしいのかもしれない。そうではないとおもってはいるが。

もう一度あの「洒落男」をかかげたい。

馴れ染めのはじめはカフェー
この家はわたしの店よ
カクテルにウィスキーどちらにしましょ
遠慮するなんて水臭いわ

しかし、わたしは飲めないし、社交ダンスもできないのである。

森林太郎墓

目次

装丁・画　安野光雅

# 峠の茶屋

親戚に足の悪いおばさんがいた。

いまは周南《しゅうなん》市と名前がかわったが、むかし徳山市の富田《とんだ》といった町の、その奥の川上《かわかみ》という村に住んでいた。遠くて歩いては行けないがバスがあった。

そのころ、停留所の前に赤い旗を立てておくと、「乗るひとがいる」という約束になっていて、旗のしるしでバスが停まった。

おばさんの家の真ん前が停留所だったことは都合がよかった、バスは家の真ん前で停まった。おばさんはそこで茶店らしきものをやっていたが、ひとがくることはめったになさそうだ。声をかけてもすぐには出てこないし、鶏が畳の上にあがってきたりして、いかにも漱石《そうせき》の『草枕』に出てくる「峠の茶屋」という感じだった。

そこから先、バスは鹿野《かの》へ向かい、もう一本の山道は四熊《しくま》という村へ通じる間道だった。

わたしの母は名前をシカノといった（野口英世の母はシカという名だったから、のちにわたしも捨てたものではない、とおもってみたが、これは書かないほうがよかった）。その生地が鹿野であったことに由来するらしいと知ったのは、たったいま、文字を書いてみたからである。

父の生地は四熊というところである。二人が結ばれたのは、地理のうえの意味があるのか、とおもいやすいが、関係はない。わたしの母は、父にとって後妻だったことからもわかる。

そのほか、両親のことについてはあまり知らない。たしか源九郎という名のおじいさんがいたこと、また、おばあさんもいたはずだが見たことはない。だいたい家系とか出自などについての関心がなく、兄や姉が、異母兄弟であることを知ったのもずいぶん大きくなってからのことである。

「峠の茶屋」の川上のおばさんは、父の妹であることがわかった。どうりで顔が似ていた。

おばさんの家の裏は、石段になっていて、それをおりると、やや幅のある川に出た。コメをといだり、洗濯したりするとき、おばさんは膝に手をついてのぼりおりしていた。

ひと夏泊まりがけで遊びに行った。川には落差のあるところができていて、昼間は気がつかないけれど、朝は「今日は雨か」とおもって目をさました。その川には小さなダムができていて、

そこを川の水が滝となって落ちる音が、雨が屋根を打つ音にそっくりだったからだ。

この家は川の傍にあり、窓から天気を知り、風景をながめ、魚釣りの竿をたれることもできる関係にあった。

鳥もたくさんいた。かわせみを見たことがある。はじめて見た美しい鳥だった。とりたいと願ったが相手が俊敏すぎた。

わたしがほんとうの意味で「ゴリ押し」をやったのはあの川だった。ゴリは地方でいうハゼのような魚で、見かけはムツゴロウのように川底と同じ色をしていた。泳ぎがのろくて、とられることを知らないのではないかとおもった。押すというのは、藁束《わらたば》を両手につかんで水中を押すようにゴリを追い、待ち構えている箕《み》の中へ追い込むのである。

津和野《つわの》の川で魚をとるときは、右手で水藻の川下に魚とりの網をかまえ、水藻の中にいるかもしれないコブナを左足で追うのだったが、めったにコブナはいなくて、コエビがとれるだけだった。

従兄のあっちゃんは「ゴリを押すときは、ザルを川上にして待ち受けるものなのだ」という。ゴリは川上に向かって逃げるらしい。コブナがめったにとれなかったのは、かれもまた川上に逃げたのかもしれないが、流れの関係で川上に網をかまえることはできなかった。

ついでに書くが、『米欧回覧実記』の英訳をした、プリンストン大学のマーチン・コルカットさんは、川にしずんでいる石の下に手を入れて、もし魚がいたら、その魚のお腹をくすぐるようにこちょこちょとやると、魚は催眠術にかかったように、ぐったりするから、簡単にとることができるという。

アメリカの少年も川遊びをやったのだろうが、このような催眠術は知らなかった。日本でもそのようなとり方をしたひとがあるかどうか知りたい。

「ウサギ追いし彼《か》の山、コブナ釣りし彼の川」と歌にはあるけれど、わたしたちがとっていたのは、釣りの餌にするミミズよりも小さいコブナだった。

川で、コブナをすくおうと、夢中になっていたある日、セーラ服のお姉さんが「コエビを少しとってちょうだい」といった。

「コエビなんか何にするのだ、よーしフナを、せめてメダカでも捧げなければ男がすたる」とおもったのに、メダカさえもとれず、姫は「メダカでなくていい、コエビがいいの」と申された。学校の理科の宿題だったらしい。メダカならいくらでもいたが、すでに貴重な珍しい魚になっていたのかもしれない。

こんなことを書くのは、恥とおもうが、まだ小学一年生でも、男の子はセーラ服に反応するものだということを書いておきたかったからである。

後学のためついでにべつの恥について書く。小学五年生のころ、友だちの持っている「猿が座った姿をかたどった」水差し（硯《すずり》に水を入れるもの）がほしくてたまらなくなり、わたしの何かと交換してもらいうけた。その猿の水差しは背中と口に小さい穴があいていて、はじめ猿ごと水にどっぷりつけて水を入れ、背中の穴を指でコントロールしながら、硯に水をそそぐしかけのものだった。わたしは、その猿の背中の穴を粘土でふさいで使い物にならぬようにした。水差しなどの仕事をさせては気の毒だという感じだった。その感じ方はなぜか、じぶんでも理解できないでいる。

はじめ、わたしはその猿が不憫《ふびん》でならなかった。学校から帰ると、なによりも先にその猿が無事でいるかどうか気になった。箱に入れてしまっていたが、それでは息苦しいかもしれぬとおもい、箱から出して勉強机の前に安置した。つぎの日は座布団の上に置き、また次の日は小さい座布団らしきものをつくってその上に座らせた。お弁当も供えた。毎日学校から帰るとその猿の世話に夢中だった。弁当は食べてはいなかった。いまおもうと、それは女の子が人形に心を尽くすのに似ているかもしれない。

わたしはいまごろになってひそかに思う。あれは子どもが成長していくとき、大なり小なり、だれもが経験する通過儀礼で、一種の疑似恋愛ではなかったかと考えた。なぜなら一週間もたたぬうちに、その猿に対する熱いおもいは消え、もう猿はどうでもよく、夢中になったことを恥ずかしいとさえおもうようになったからだ。この恥ずかしいところが、疑似恋愛かもしれぬとおもう理由でもある。

このような通過儀礼は、ほかにもあるがこれ以上に恥をかかないでも心理学者は、人間は子どものときから何かに夢中になり、あるいは異性を意識するものなのだと、とっくにわかっているかもしれない。

このごろ農作物を荒らす山猿が集団で出没する。懸賞金を出してその除去を督励するが、人間に似たサルは撃ちにくいのだという。

亀を飼っていたこともある。わたしたちはイシガメと、よんだ。かれらは何に反応するのか。放っておくと海に向かってあるきはじめるという。津和野は日本海と瀬戸内海にはさまれた山奥だから、どちらへ向かっても海なのでたいした問題にもならない。

亀に縄をつけて放し、その端は家の柱にしばっておいた。だから庭の中のどこにいても、その縄をたぐりよせれば縄の先に亀がついて現れることに満足した。何をたべさせたか。食料はじぶんで調達してもらわないといけない、そのために、縄を長くしてあるのだ。

しかし、三日目に亀は縄を食いちぎって脱走した。

いまおもうと、縄を切ったのは、両親のどちらか、かもしれない。両親が奴隷《どれい》を解放したような気になっていたのかと、いまはおもっている。

少年倶楽部に「源吾の旅日記」というのがのった。なんとその源吾は津和野っこの生まれだ

クオレの母を訪ねて三千里のホンアンだとは知らなかった。

# 金鉱

話は戻るが、あの川でゴリを押したのはなぜかわからない。ふつう、だれもとらない。そばつゆの出汁《だし》をとるのにはいいと聞いたが、そのゴリをたべた覚えはない。あの田舎でおいしかったのは切り干し大根だった。

おばは、おもちゃになるかもしれないといって、黒い木の実のようなものをたくさん出してくれた。いま考えるとそれはビワの種である。ビワくらい能率の悪いものもなくて、実よりも種のほうが大きい。わたしはビワには縁がなかったが、おばの家ではじめて山ほどのビワの種に出会った。わたしはそれを丸く並べたり、時計をかたどったりして遊んだが、すぐにあきてしまった。

わたしには、わずかのためらいはあるが、これを読むひとが「血の誓い」を立ててくれるなら書いてもいい。

じつはゴリをとった川底には光るものが見えたのだ。ごく小さいから話にはならないし、相手にするひともないだろう。しかし、それは砂金であった。

子どものわたしは、この川上に金の鉱脈が隠れているとみた。なかったとしても砂金を集めれば金塊になる。わたしの従兄は知らないのだろうか、そのほか砂金を見た大人もいるはずだが、米をつくるのに忙しくて金鉱王の夢はみないのだろうか、とふしぎだった。

わたしは、あのゴリを押して以来、ひそかに金の王を夢みる少年になった。よそのどこかの国でも砂金が出るとなったら、欲深の人間が押し寄せ、寒村は一夜のうちに大都会のありさまになったというではないか。最悪でも、このごろお茶や酒の中に金粉を入れる習いがあるから、その足しにでもなりそうにおもえるが、酒をつくるひとはその輝きに魅せられる客がいるとおもうのだろうか。わたしは鉱物を口にしようとは断じておもわないから、そんな成金趣味の酒は買わない。

ああ、これまでわたしに親切にしてくれたひとびとよ、いまは秘密だが見てろ、いまに、ほしいものは何でも買ってやる。ダイヤの指輪なんかというな。もっと気の利いたものをいえ、何でも買ってやる。

絵描きなんかになるな、あんなあてにならない夢は捨てろ、金鉱王になれ。友だちに会ったら、ポケットから金を取り出し、「少ないけど」と、友だちにただでやれ、そのうち友だちが金鉱王の銅像を建てようといいはじめるだろう。そのときが大事だ。「馬鹿もん、銅像なんか建てるな、これは遺言だ」目をさまさせるな。

悲しいかな、夢は自問自答だった。

いまではその川上には大きいダムができている。あのゴリ押しの川をせきとめたらしい。金鉱王には何の相談もなかった。では、これからダムを壊してまで金鉱を見つけることができるか、できはしない。

同じころ、父はマンガン鉱山の夢にふけっていた。

鉱区申請のための申請書と、若干の経費がかかるらしく、その申請書や、和紙に細い筆で鉱区を書いた地図などが残っていたが、すべては紙切れになった。わたしの父と義兄とが相談し、当時の金で五百円ばかり調達したらしい。信じるということはなかなかすごいものである。

それが、やはり詐欺《さぎ》だったかと、わたしが知ったのは、東京へ出てきたのち、たしか埼玉のひとだったが、「うちの親父がマンガン鋼でだまされてさ」というひとがいたので驚いたからである。

また徳山市の土木課長もひっかかっているらしい。のちに書くが、戦後そこで測量などのアルバイトをしていたころ、その課長が、朝鮮でマンガンが見つかった、これを石のまま持ち帰って日本で精製するのと、精製したものを持ち帰るのとではどちらが得策か調べてくれといわれたこともある。

一攫千金《いっかくせんきん》という、そんなうまい話をしだいにほんとうにするようになるのだから、うまい話ほどあぶないものはない。

# 地下室

このことは何度も書いたが、弟のことについておもうところがあったので、また書く。

東大阪市の美術館にいた、酒野昌子さんという方から、「弟さんのことは知らないとおもうので、写真を送ります」とあって、かれが東大阪市の職員だったころ、人格者だったという意味のことを書いたうえ、たくさんの思い出の品を送ってきた。偲ぶ会の部会があるが、いまでも大勢集まるという。

わたしは愚兄だったから、その人格者のうえに君臨した。いまさらのように恥じいり、酒野さんからもらった弟の写真を、いまは机の前に張って謹慎している。

最後に会いそこなったが、かれは七十六歳で他界した。その少し前、見舞いに行ったとき、かれは兄のことは解っていてくれるだろうという、自分の都合のいい見方で、「おやじは七十二で死んだ、それよりは長く生きたんだから、まあいいとしなきゃあな」と何の慰めにもならぬことをいって帰ってきた。

いまでも悔やまれるのは、そのころの前橋駅の前には店がなく、駅の売店で駅弁しか買っていくものはなかった。それでもとにかく見舞いに行って、かれはそのお弁当に口はつけたがたくさんはたべられなかった。知らなかったが、かれは胃ガンだったのだ。

偶然きのう「上毛新聞《じょうもう》」のひとと会ったので駅前に何もなかったといえば、いまもないという。あそこは町のできあがったあとに鉄道がついたから、町はずれに駅ができて発展しないのだということ。津和野もおんなじではあるが、こちらは時間がたっているから何かある。前橋駅の発展を祈るほかない。

むかし、弟が幼年学校へいって、熊本の校庭で別れたときが、最期かもしれないとおもっていた。あのとき校長が、「この子どもたちは兵士として預かる。敵が上陸してきたら、一番先にかけつけて、戦うのだ。このことに不満があるひとは、一歩前に出て、たったいま、つれて帰ってもらいたい」といった。わたしは、あやうく前に出るところだった。

あのとき、一歩でも前に出たら、どうなっていたかと考えて恐ろしくなる。

あのときが、今生《こんじょう》の別れだったはずである。

あとで、同じ思いの子どもを送ったお母さんと話したとき「昨晩はわたしの乳をさわって寝ました」「まだ十五歳で、女も知らぬままに死ぬのかとおもうと不憫《ふびん》でした」「でも人間、いつ死ぬかわかりませんから」とじぶんをはげましておられるようだった。

戦争に負けて、弟は帰り、また会うことはできたが、こんどは子のない姉の家へ養子にいった、父親からみれば一石二鳥だとおもったかもしれない。そのあたりのことは、岩波書店刊『故郷へ帰る道』という本の中に書いている。

かれとは子どものころいっしょに暮らし、平等にもらえたお菓子は平等に分配し、「いつも兄ちゃんが勉強を教えてやってるんだから、兄ちゃん、いつも、ありがとう、くらいいってみろ」「うん、ニイチャン、イツモ、アリガトウ」といわせて、まあ、軍隊の上官のように君臨した。

わたしが学校で国史（歴史）をならったとき、先生が「『神勅《しんちょく》』というものがある。これを覚えていないものは日本人ではない」といわれた。弟が日本人でなくなったら大変だとおもい、一年生の弟に、無理に『神勅』を覚えさせた。いわく「豊葦原《とよあしはら》の千五百秋《ちいほあき》の瑞穂《みずほ》の国はわがうみのこの君たるべき地なり、よろしくいましすめみま行きてしらせ、さきくませ、あまつ日嗣《ひつぎ》のさかえまさむこと、まさに、天地《あめつち》とともに極《きわ》まり無《な》かるべし」。ほんとうは、もっとむつかしいのだが、これは子どもでもなんとなくわかるようにやさしくしたものである。

おとうちゃん ムネオが
時計をこわしたよ
何でもガクのせい
にされるんだで
兄の身にもなって見ろ
あの時計は
はじめから
こわれとったんじゃが

かれはオウム返しに口ずさんで、ともかく暗記し日本人であることを確認した。

ある日、わたしは弟に一生の秘密を打ち明けた。

「いいか、だれにもいうな、このことはおまえが六年生になったら、お父ちゃんがきちんというらしい、僕は一足先に六年生になったから、だれにもいうな、といって極秘のことを教えてもらったのだ。でも兄として僕は、おまえに秘密を持つことはできないのだ」(このかっこよさは明らかに当時の子どもの本の影響だ)

「いいか、うちには地下室がある」、このことは、『故郷へ帰る道』にくわしく書いた。

これはわたしが床に鏡を置いてその中をのぞき、天井が写ってつくり出すまぼろしの地下室のことである。この遊びは、ぜったいにおもしろいから、やってみることをおすすめする。『ふしぎなえ』（福音館書店）という絵本の中の一ページはその思い出を描いた絵である。

「何でもある地下室だ、僕らの家はひとが見たら貧しいとおもうだろう。ところが大違いだ、お金でも洋服でもおもちゃでも、地下室には何でもある。そこの入り口はどこかと思うだろう？米櫃《こめびつ》だ。米櫃の中を掘るようにして深くどこまでも進むと、地下室に出る。米は地下室からわき出すように出てくるんだから、たべることにこまることはない」

わたしは弟の顔が、満足した顔に変わっていくのを見た。「いいか、だれにもいうな、『家には地下室がある』と自慢するものがいても『ぼくの家にもある』などと負けずにいうな。貧乏人の顔をしておれ。これが、秘密を打ち明けた兄のことばだぞ」。

のちに、大人になって、地下室のことを覚えているかと聞いたら、「あんなに心豊かになったことはなかった」といった。

わたしは、弟が本気にすればするほど、話に熱が入って、「どこへいったかわからなくなったおもちゃでも、ちゃんと地下室にしまってある」などと大嘘《うそ》をいった。でも弟は、目をはっきり開いて聞いてくれた。

かれは東大阪市に住むようになり、大中愛子《おおなかあいこ》さんというひとと結婚した。義姉の家の養子になっていたのだが、結婚しても養子先には戻らなかった。

奇縁だったのは、かれの嫁さんの愛子夫人は、わが司馬遼太郎の奥さまと同級生だったことである。

話はかわるが、司馬（遼太郎）さんに、むかし「コノヒトハ、ヨクベンキョウシタタメ、リッパニナリマシタ。コノヒトハ、ナマケタノデコンナニナリマシタ」（大意はあっているが文章は不正確）と、一人は紳士になり、一人は木の根方にうずくまっている絵が教科書に載っていましたが……、といったら、司馬さんは、笑い出した。「津和野のような教育熱心なところは知らないが、大阪ではそんなことは教わらなかった」という。

国定教科書だったから、全国どこも同じだ、というのに、相手にされなかった。その場にいた週刊朝日の一団は、国定教科書で育っていないものだから、「司馬さんのいうとおりだ」といい、多数決で決めようというような気配さえあった。

教科書ばかりではない。掛け図にもあったと、いいはる兄を、哀れにおもった弟は、「よし、調べてきてやる」といって、前橋市教育資料館で修身の教科書巻二の中からわたしの記憶のかけらを見つけてきた。

その教科書を司馬さんに見せたいが、司馬さんは先になくなった。

じつをいうと、わたしの弟の嫁さんは、司馬さんの奥さまと、松蔭《しょういん》女子専門学校文学部の同級生と聞いていたから、司馬さんのなくなったあと奥さまのみどりさんに、そのことを話してみた。「そうだったのか、よく知っている、家まで遊びに行ったこともある」といわれた。

啄木に歌がある。

小学の首席をわれと争いし
友の営む
木賃宿かな

弟の嫁の愛子さんは、「わたしたちは首席をあらそうように勉強したのに、一人はだれ知らぬ者もない司馬遼太郎と結婚し、一人は無名の公務員といっしょになった」

と、一笑した。

# 学校と先生

不登校児というい いかたがあるが、不意打ちに学校へいけといわれても、幼稚園にもいったことのない子に、学校がどんなものか知るわけもなかった。宗教のきらいな父は、カトリック教会が経営する幼稚園にゆかせなかったというのだが、ほんとうは金がなかったのかもしれない。一人で遊びほうけていたものが突然明日から学校だといわれても、何のことかうっすらとしかわからなかった。そのくせ前夜になって、竹を切って算数の数え棒をつくり、お母さんは、おはじきのかわりに、小さな貝をたくさんくれた。このほうがきれいだと母はいうが、みんなとおんなじでなくては格好が悪いのだ。

そんな計数棒を前の晩につくるなどして、それでいけといわれてもいきたくはならない、だから母がついてきた。本町を通らず新町の裏通りを通った。途中に駄菓子屋があって、大福餅を売っていた。母が大福餅を買ってやるという。餌につられてその餅をたべながら学校へいった。

ついでだが、その駄菓子屋の前に門のある家があって、そこの井戸はぐるりと回って水面にまでおりるようにできていた。その家の隣は中村吉蔵《きちぞう》といって、たしか早稲田の先生で劇作家だった。先生の書いた「井伊大老の死」という歌舞伎の台本などは語りぐさである。

駄菓子屋の横町の細い道を入ると、下駄屋のしげちゃんの背戸《せど》に出る。ここに猫の額ほどの広場があって、その広場を囲む家が六軒くらいあり、この空き地はだれのものかはっきりしないという話をあとで聞いたことがある。

ここにアオギリが育っていて、その木にのぼって木から屋根にあがろうと想像していたが、アオギリは枝のつけねからぽっきりおれて、わたしは枝もろとも、目の下の小便壺のトタン屋根で一回バウンドして畑に落ちた。一人で遊んでいたのだからだれも助けてくれるものはなかった。頭をうったため、どこをどう通って家に帰ったかわからないが、ともかく家の柱時計の前にぐったりして寝た。

あのときから、妙なことを考えるようになったのではないかとおもう。大人になったいま、その桐の木の枝のあぶなかったこと、小便壺にトタンの屋根がなかったとしたらどうなるだろうと、ときどきおもってぞっとする。

一年生のときは斉藤先生という、やさしい女の先生だった。体操の時間で、イスに座り、「胸に手をあて、深呼吸をします、ハイ、一、二、三、四」と号令をかけられて、「もとに戻りまーす」といわれた。そりっぱなしになってそう簡単にもとには戻れなくなったとき、先生から怒られた。また「3に4をよせなさい」というペーパーテストで34と書いた。よせろというのだから、近づけてくっつければよいんだろうとおもって34にしたために、その紙は0点になってしまった。

おもいだしたので書く。むかし青年学校というものがあって、中学校にいけなかったものが青年学校にいくという制度があったころ、Oさんというまじめな先生があったとおもってもらいたい。そのO先生は体操の時間に、イスをランダムに並べ「椅子取りゲーム」をやった。一つのイスに二人しか乗れない。笛がなったらすかさず近くのイスに跳びのる。笛を吹くのは先生である。先生も体操に加わる。

それでどうした、といわれてもこたえようがない。謎につつまれているのは「椅子取りゲーム」のふしぎさで、わたしにもわからない。

二年生になって、藤本先生という生涯の先生に出会った。この先生が、自由に絵を描かせてくださった。わたしはこの先生が描かれて教室に張られているのを見るのがすきだった。

この先生はのちに工作の先生になられたそうで、絵や工作がとくいだったらしい。一度だけクラス会をやって、「先生には心からおせわになりました」ということができた。「あのとき、はじめて受け持ちということをやったのでしたね、十九歳でしたから」といわれた。この先生とわたしとのへだたりはそのままいまもかわらない。いまはなくなったが、それでもかわらない。

これは、きのうのこと、宮城谷昌光《みやぎたにまさみつ》さんの会で藤原正彦《ふじわらまさひこ》ご夫妻に会った。この師弟間のへだたりについてわたしの経験談をかれに話した。奥さまは「絵の先生から数学のおもしろい問題を出されて、それでかれは数学者になったのです」といわれた。知っているひともあろうがこの二人を結びつけたのは数学者の小平邦彦《こだいらくにひこ》（フィールズ賞を受賞した）先生である。

その席でわたしは藤原さんの『心は孤独な数学者』（新潮社）の話をした。「ラマヌジャン（インドの天才数学者）というのはすごいですね。かれは高校までしかいってないんですよね。それなのに毎日のように数学の定理を発見している」。やがて書くだろうが、「勉強はインポータントではない、インターレストなのだ」ということは、おそらく真理で、このことばはラマヌジャンのためにあるものとおもってもいい。

三年生のときは松本先生という先生で、その間、藤本先生は徴兵制に則して海軍にいき、その名も古鷹という巡洋艦に勤務して帰った。

五年生のとき、わたしたちは藤本先生につれられて修学旅行に行き、宮島の土産物屋にのめりこんで、連絡船の出発に遅れた。怒られたのなんの、みんなは残らず乗船して、まだこないわたしたち三人を待っていてくれた。

「みんなにあやまれ」といわれ、「遅れて悪うございました、すみません」と心から詫びた。そのときの罰があたって、せっかく土産物売り場で買った、福禄寿《ふくろくじゅ》人形、これは一つあけると、その中に福禄寿が入っていて、またそれをあけるとまた入っているという、なんともうれしいものだったのに、帰りの汽車の中でキュッとひねってあけたとき、ぽんと飛び出したのはよかったが、それは窓の外へ飛び出して、手もとには二個分の福禄寿しか残らなかった。

# 弟のこと

わたしは一度だけ弟をぶったことがある。悲しい。なんということをしたんだろうと、いまは詫びたい気持ちだ。あれは徳山の川崎というところに家を借りて二人で住んでいたころのこと。帰ってきたら部屋から煙草《たばこ》の煙が外へ出ていたのだ。かれは友だちと三人でいた。ほかのものはともかく弟が吸っていたのはゆるせなかった。

わたし自身は、煙草を吸わなかったか、吸った。朱に交わって赤くなっていた。吸ったことを後悔しているから弟にそんなことをさせたくなかったのだ。自分が後悔していることと同じことを弟にさせたくなかった。弟にはわたしよりも立派な人間になってもらいたいと、ずーっとそうおもって、そして大きくなったのだ。

弟が学校へいく前から勉強を教えた。字も教え、ひらかなを読み書きできるようにした。だから二年生になったとき、弟は一回目の級長になった。それに勢いをえて国語、算術そのほか歌までいっしょに学んだ。

弟の国語なら、冒頭の、

サイタ　サイタ　サクラガ　サイタ
ススメ　ススメ　ヘイタイ　ススメ
コイ　コイ　シロ　コイ

だけではない。二巻目の、

ムカフ　ノ　ヤマニ　ノボッタラ
ヤマノ　ムカフ　ハ　ムラ　ダッタ
タンボ　ノ　ツヅク　ムラダッタ
ツヅク　タンボ　ノ　ソノ　サキハ
ヒロイ　ヒロイ　ウミ　ダッタ
アオイ　アオイ　ウミダッタ
チイサイ　シラホ　ガ　二ツ　三ツ
トホクノ　ハウ　ニ　ウイテ　ヰタ

も教えたから覚えている。
国語だけではない。きょうは学校で何をならったのかと聞けば、唱歌をならったという。
いってくるから　なかをよく
みんなで　くらせと　にいさんが
ぼうしをふりふり　きしゃのまど
げんきで　いくさに　いきました
これは曲も覚えているがここに書くわけにはいかない。
体操も教えた。手を腰にあて、
ひざをまげるー
いちにいさんし
というぐあいだ。
弟が幼年学校へいきたいというと、「よし、願書をこちらへ貸せ、わしが書いちゃるけえ」といった。弟はたぶん、はらはらしながらそれを見ていた。わたしは願書を書いた。試験場まではついていてはいけない。しかし、かれはうかった。熊本の幼年学校へいった。わたしが十八か十九のころだ。わたしはうれしかった。わたしはうけてもすぐに落とされただろう。

書き方（習字のこと）も教えた。ある日、「おい、これはみごとだぞ、よく書けた、これならどこへ出しても恥ずかしくない、お前もうまくなったもんだ」といってほめてやったことがあった。大人になって、じつはあれはお手本を下敷きにして写したんだ、あのときくらいうしろめたいことはなかった、と弟はいった。

短歌も宿題に出された。母をうたうのなら「たらちねの」というまくらことばをつけるものだ、といった。これは、おやじの文箱《ふばこ》の中から引き出して、感心して読んだ本から得た知識だ。弟は、何のために「たらちねの」と書かねばならないか、わからなかっただろう、わたしもわからなかった。

そんな、弟をぶって悪かったとおもう。煙草はよくない、とおもって、わたしはその後、計五カ年くらいかかってやっとやめた。肺ガンとわかったとき先生から「煙草は吸いますか」と聞かれたもんだ。

その後、弟は胃ガンで死んだ。でも、おやじのように、脳内出血で何もわからなくなってうなって死ぬよりはよかった。前橋に見舞いに行ったとき、ベッドからおりて玄関までわたしを送ろうとした。わたしがいいから寝てろというのに起きた。そして足の親指だけ動かして、それだけで立とうとした。後悔はまだ胸一杯に残っている。もっと見舞いに行ってやればよかった、とおもう。

戦後の疥癬《かいせん》のこともそうだ。川崎で二人がいっしょに暮らしていたとき、わたしはそのころ大流行していた疥癬にやられた。はじめはたいしたことはなかったが、次第に大変なことになってきた。それが弟にもうつった。もうしわけないとおもう。疥癬について詳述している暇はないが、疥癬の微細な虫は皮膚の下に住み着き、夜な夜な皮膚の下から上に這い出してきて交尾し、また皮膚の下に入るというのだからしまつが悪い。これはふかく調べたわけではないから、参考にしないでもらいたい。とにかく戦後のような不潔な時代がよくなかった。

薬湯に入ったときなどは、どうしてほかのひとたちも疥癬にならないんだろうとおもうほどに気持ちがいい。かゆいところに手がとどくというが、全身いっせいにかゆいところに手がとどくのである。湯ノ花という温泉の素が効《き》くのだとわかった。湯ノ花を入れた洗面器のお湯に手を入れるとなんだか明らかに効いてくる。弟といっしょに洗面器に手を突っ込んで疥癬とたたかった。

わたしは湯ノ花をだんだん濃くしていった。ついには浸すのでなくじかに塗った。はじめはとびあがるほどしみるが五分くらい耐えていると痛みはとれる。またべつのところに塗って五分耐える。五分たてば痛みがとれるのなら、全身一度にやろうと考え、あっというまに全身に塗り尽くした。

これは、大変だった、だれにもすすめられない。その夜、一睡もできないほど、全身やけどをしたように痛い。五分たっても痛みはおさまらなくて一晩中痛みに耐えた。多分、リンパ腺に障害が出たのではないかとおもう。翌朝は足をひきずるようにしてアルバイト先の役所にたどりついた。

弟は、幼年学校から徳山中学へ帰り着いていた。

おどろいたことに、一晩ねむらず痛みに耐えて、なおった。しかしさらにおどろいたことに、格別何もしなかった弟も（よろこばしいことに）完治したのである。

# 汽車の別れ

「雪だるまを作りました。弟は頭を作りました。僕はどうたを作りました。」と作文に書いた。藤本先生が「どうた」とは何のことか、と聞かれた。へえ、どうたを知らないのか、とおもった。それは「胴体のことです」といった。藤本先生は津和野に近い柿木村《かきのきむら》（いまは吉賀町《よしか》）の出身で、ことばが通じない。わたしは「どうた」とは胴体のことだと先生に教えた。のちに丸善でサイン会をやっていた日、「わたしは藤本一十の孫です」というひとがきた。「『柿木村村史』をつくっていました」という。それが藤本先生の最後の仕事だったらしい。

わたしが学校から帰ってくるのを、弟は朝から一日中待っていた。わたしは友だちと遊びたいのに、六歳年下の子がついてきては足手まといで遊べなかった。だからホントに忍び足で音のしないように、鞄をそーっと置いたのに、弟はめざとく見つけてワーッと泣いた。いまもわたしの鼻にきずがあるが、あれは、音のしないように鞄を置き、ダッシュして家を出たとき、隣のサブロウさんというひとの乗った自転車にぶつかったからだ。いまなら自動車で、鼻の上の怪我くらいではすまなかっただろう。

わたしは、弟の手をひき、友だちと遊んだ。青という家の田んぼで遊んだときなど、弟がじゃまだった。

宇部《うべ》の学校へいっているころ、弟は大きくなっていた。津和野弁丸だしでしゃべる弟のまねをして、わたしは津和野弁に戻った。

「おにいちゃん、きょう、宇部に帰るんじゃろうが。三時番に乗るんじゃろうから、学校のところを走るとき顔を出しといてくれえ。わしが、窓から見とるけえ」

「あした、どーしても窓から、顔を出しとるけえ」

三時番というのは、そのころ津和野を通る汽車の時間表で、一日に一〇本くらいしか通らない汽車だから、三時番といういいかたでよんでいたのだ。

わたしたちは、窓と窓とで手をふって、あっという間に見えなくなった。兄弟といっても、一生、いっしょにいるというものでもなかったのだ。

# 犬神

ところで、川上のおばさんは、足が悪いのは「犬神にやられたためだ」と信じていた。だれが犬神を使ったのか見当はつくが、はっきりしたことはいえないという。犬神はネズミの一団を使い、ネズミたちは夜の更けるのを待って、その仇《かたき》と決めた家にくり出す。裸電球の下をかれらはひとつながりになって、樋《とい》を伝い、鴨居《かもい》から跳び、命じられるままに、しかも相手の知らぬ間に仇を果たして音もなく引き上げる。

この思い込みはかなり広く信じられていて、なぜだと問い返しても無駄である。そのころ中国地方一帯には犬神がほんとうにいるとおもっているひとの割合が多かったらしい。横溝正史《よこみぞせいし》の小説はそこらからきているのではないかとおもうが、とにかく犬神ということばはいかにも気味が悪い。ただし「そんなことは迷信で、犬神なんかいるはずがない」というひとも少なくなかった。

犬神などと、いまはどんな迷信家でも信じないだろうが、ひとたび信じたら、迷信から目覚めるのは大変らしい。

わたしの母は犬神は信じなかったが、よく神様のことをいった。「そんないたずらをしたら神様がちゃんと見ていて、いまに罰をあてる」というのである。ときに応じて神様を持ち出し、何があっても神様が見ているという。

わたしは、神様はどこにいるのか、どこから見ているのか、と聞いた。

わたしは、いわゆる理系ではないのに、子どものころから、神というふしぎなものを持ち出す、母や大人たちに対する一種の反動として「神様なんかいるものか」とおもうようになった。学習の成果というより、生来のもので、母に反抗したためでもないだろうが、神の存在を信じなくなったのは、反面教師としての母のおかげだとおもって、むしろ感謝している。

家に体温計などというものはなかったし、そもそも「風邪かもしれないから熱を計ってみよう」という考え方もなかった。そんなとき母はわたしを枕元に座らせ、頭から肩にかけてなでるようにしながら、なんだか経文らしきものを唱えた。つまり祈った。わたしは座っていることが苦痛だった、夢の続きを見ているような気がした。少なくとも二度は祈られた。薬にもならぬ水をのまされた。それでも病気はなおったし、いまは元気でいるのだから、祈りが通じたといえなくもあるまいが、ついに神を信じない人間になってしまった。

神を信じないとなると、お寺や、お宮へ行って線香のけむりを浴び、体や精神にいい、といっているひとの気が知れないことになる。

ちょっとむずかしい話になるが、森本哲郎《もりもとてつろう》の書いた『思想の冒険者たち』（文藝春秋）の中にネール（もうなくなったが、思想的に偉大なひとだった。このネールは宗教がきらいだった）のことが書いてある。

宗教はいつでも「盲目と反動、独断と固陋《ころう》、迷信と搾取《さくしゅ》そして既権宗教の保護に味方している」（『ネール自伝』）とかれはいう。だが、だからといってかれは宗教を否定し去ることはしなかった。かれはつづけてこう記す。

「とはいえ、宗教のなかにはこれらのもの以外の何ものかが、すなわち人間の深い内部の願望に答えるなにものかがあることは私も知っている。でなければ、どうして宗教が巨大な力を持ちつづけて、無数の悩める魂に平安と慰めをもたらすというようなことができたであろうか」。

宗教がきらいなわたしもそうおもわないでもない。

宗教は偉大なのに、いかがわしい宗教がある。いや、むしろそのほうが多いか、それとも宗教の偉大さを利用して、あやしい金儲け主義にはしる例が多いから、顔をそむけたくなるのだ。

ついでに書いておく。世に偽医者というものがある。偽医者のくせに人気があって病気をなおすという。これは偽医者のせいではない。人間には治癒能力とでもいうものがそなわっているとおもう。外科的なもの、細菌性の病気はさておき、高熱が出ても、自前の治癒能力に頼っているような気がする。

わたしは切り傷でも医者で縫ってもらわずになおした。これは一種の信仰に近いがむかしの話でいまはひとに勧められない。救急車がなかった時代にもひとは生きていたのである。

正岡子規《まさおかしき》の病状をおもう。子規だけではない。わたしの友人も奥さんが結核で入院しているとき、宗教の勧誘にくるひとが後をたたなかったという。勧誘者は、病人が病床についている機会が、勧誘のチャンスだと早合点しているのではないか?

以下は斎藤茂吉《さいとうもきち》が書いた子規についての後書きの中から引用したもの(筑摩日本文学全集・正岡子規編)。

子規は「宗教を信ぜぬ余《よ》には、宗教は何の役にもたたない。キリスト教を信ぜぬ者には神の救いの手は届かない。仏教を信ぜぬ者は南無阿弥陀仏をくりかえして日を暮らすことも出来ない」という。

また、

「耶蘇《やそ》信者某一日余の枕辺に来たり説いて曰く此の世は短いです。次の世は永いです、あなたはキリストのおよみ返りを信じる事によって幸福でありますと。余は某の好意に対して深く感謝の意を表するものなれども、いかんせん余が現在の苦痛餘《あま》り劇《はげ》しくして未だ永遠の幸福を図るに暇《いとま》あらず。願わくば神先ず余に一日の間《ひま》を与えて二十四時間の間《あいだ》自由に身を動かし、たらふく食を貪《むさぼ》らしめよ。而《しか》して後におもむろに永遠の幸福を考え見んか」

# 迷信

神を信じないのと、迷信を信じないのとはかなり似た意味があるが、わたしにも、ふと胸をよぎる迷信がある。

運動会の日に、ふくらはぎにヨードチンキを塗ると速く走れる、とみんなはおもっていて、たくさんの子がヨーチンをふくらはぎに塗っていた。ところが、わたしたちの学校とリレーの試合をするために、隣の学校からやってきた選手の一団は、サッサッサッと音を立て、整然とわたしたちの前を走っていった。かれらは、ヨーチンなんか塗っていなかった。そのかわり、サロメチールのなんともいいかおりを辺り一面にまき散らしていったのだ。ああ、僕たちの学校は負けるとおもった。実際の勝負については覚えていないが。やがてヨーチンなんかやはり迷信だとおもうようになった。そもそも家にはヨーチンなんかない。サロメチールなんか、夢のまた夢だった。これは迷信だ、怪我しないうちからヨーチンを塗っておくのだから迷信でないはずはないだろう。

# 三月二十日生まれ

わたしは三月二十日の苗市の立つ日に生まれた。のちに「蔵の中で生まれたんだろう、あの格子をよく覚えている」と、かなりの確信をもっていうのに、だれも笑ってとりあうものはなかった。

生年月日は、わたしがおもうよりも重大なことで、第一、わたしが運動会で入賞したことは、一度もなかった。

またほかの学科でも、絵を描くこと以外は友にぬきんでることはなかった。

算術と読み方（国語）は可もなく不可もなかった。むろん栄えある級長とか副級長になったこともなかった。

たとえば「帽子捕り」〈体操の時間に、相手のかぶっている運動帽〈表裏で紅白に変わった〉

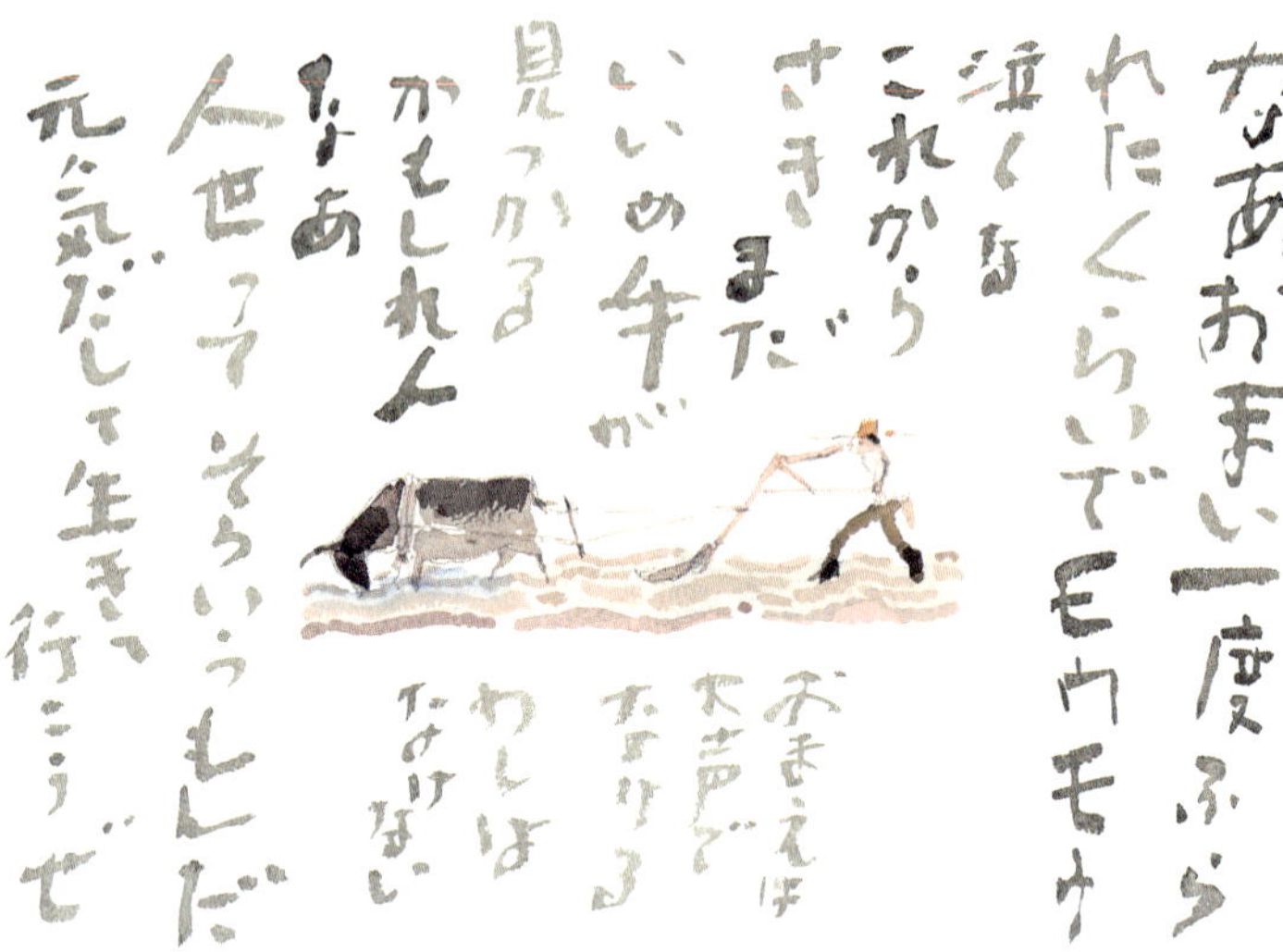
なあおまい一度ふら
れたくらいでモウモウ
泣くな
これから
さきまだ
いいめ牛が
見つかる
かもしれん
なあ
人世って そういうもんだ
元気だして生きて行こうぜ
おまえは
大声で
なける
わしは
なけない

をサッと捕る。捕られたものは見学）は好きだったが、相手の帽子を捕るというより、運動場のすみからすみへ逃げ回って、捕られないように心がけた。そして気がついてみると、捕られなかったもののなかにかぞえられているのだった。

体操のなかでもダンスはとくにきらいで、いまだに社交ダンスも踊ったことはない。いつも腹が痛いとか、頭が痛いなどといって授業をサボり、ほんとうに腹の痛い子といっしょに、見学席にいた。

その後、田舎教師になって、運動会でビリを走っている子を見た。てれかくしの笑いをうかべて、その子はやっとゴールインした。

わたしは「笑うな、しっかり走れ」と声援したが、かれが、そしてわたしも三月生まれであることに気がついたのはそのときである。

かれを見て笑うなといったことを恥じる。みんなが見ている前でビリッコになる経験はなかなか得がたいものだと負けおしみはいうが、トップを走るほうがいいにきまっている。

統計として調べると、スポーツ選手のなかに二月、三月生まれは少ないそうである。

# 勉強の部屋

土蔵のことを書く前に、その蔵の前にあった梅の古木にサルノコシカケができていたことを書かねばならない。わたしはそのふしぎなものの名を一度で覚えた。キノコの類だとはおもうがそのほかのことは知らない。それにしてもサルノコシカケとはよくつけた名前だとおもった。平らなところが、水準器を使ったかとおもうほど水平なのである。

その後のことだが、キツツキの巣の下にできるサルノコシカケはガンに効く漢方薬だということから、乗鞍《のりくら》の山ばかり歩いている福島立實《ふくしまたつみ》がそれをとり、土橋という友だちにリレーされて、わたしの手までとどいた。これは珍しく貴重なもので栽培するわけにはいかない。煎《せん》じるとコーヒー色になり、はるばる家にとどけてくれたかれらの好意に感謝してのんでいる。

前述の梅の古木の下にはツワブキの一群があり、そのそばに父が鮎掛けのおりに持ち帰って

モズが枯木でないている
おいらは臼をまわしとる
綿ひき車は
おばあちゃんが
この粉ひき臼は
体全体でまわすので
軽い
モズよ寒いと鳴け
おいらも寒いぞ

くれたタンポポが植えてあった。わたしはそのタンポポに凝《こ》って、肥料をやるのに、土の上から撒《ま》いただけでは気がすまず、地面を掘ってその根に直接肥料が働きかけるようにした。その肥料がタンポポのためになったかどうかわからないが、ともかく長い茎をのばし、みごとな花をつけた。タンポポの茎をホオズキのようにして遊ぶことがはやっていたから、だれか女の子にやろうとおもって丹精したのに、上級生によこどりされて徒労におわった

梅の古木の前に池があった。金魚や緋鮒《ひぶな》などが泳いでいたが餌をやった覚えがない。冬は雪が降って池は雪に覆われるのに、春になると、凍えもせずにまた優雅に泳いでいるの

がふしぎだった。

その池にはトンネルのある岩があり、岩のてっぺんには枝振りのいい紅葉がほかのどんな盆栽よりもみごとな形にのびて、季節がくると紅葉したりまたミドリに変わったりした。わたしが岩の底はどうなっているのか、底の池そのものにつながっているのではあるまいな、などと調べていたら、その岩を倒して少し欠いてしまった。父に怒られるとおもって、いそいで表向きはつくろっておいたがくっつくはずがない。その後どうなったか知らないが、じつは、その欠けた箇所で、珍しい木の葉の化石を見つけたのである。父にいいたかったが、それもいえなかった。

庭に面した縁の下には、かわいい赤アリがいた。中の廊下をはさんで、すぐ近くには黒アリの巣があった。わたしは赤アリをかわいくおもい、黒アリを敵視した。これは黒が赤を攻める戦争に発展した。日高敏隆《ひだかとしたか》に告白したら「人間が自然に手を出してはいけないのだ」と顔を曇らせていった。このことは、筑摩書房の『安野光雅・文集Ⅰ　蟻と少年』という本に、後悔とともに書いている。

土蔵の二階には、はじめ部屋を借りていたひとがあったが、そのひとが出ていってわたしが、そこを勉強部屋にした。四〇ワットの裸電球が一つぶらさがっているだけだったのに、わたしだけの世界ができたのだ（水差しの猿に夢中になった一時期はこのころ）。書棚というべきものもつくったが、本は教科書のほか、雑誌の類、あとは江戸川乱歩《えどがわらんぽ》の探偵小説、ポケット漫画などで、書棚といっても本で埋まっているということにはならなかった。だいたい本は『少年倶楽部《くらぶ》』という雑誌を一度買ってもらっただけで、ほかの本は借りたものばかりだった。

# ポプラ

わたしたちは、ポプラの葉でポプラ相撲をやった、たがいに大切にしているポプラの葉の茎を絡ませて引き、切れたほうが負けという他愛もない遊びだったが、その強さに命をかけた。女学校の庭に生えているキントキは強いという噂《うわさ》があった。キントキ（金時）とは葉の付け根のところが赤いところから、だれかがいいだしたことである。

そのキントキをとるためには、隣の幼稚園の垣根の破れから忍び込むのである。こっそりととりに行く。貴重なものだったから、心境は金塊を盗みに入るのに似ていた。十数枚もとったところで、「どこから入ったのかー」とヨネサワのじじいが追っかけてきた。かれはポプラが惜しいのではなく侵入者をとりしまろうとおもうらしい。じじいは女学校の用務員で、頭が固い。わたしたち子どもを追ったが、自分にだって同じ年の子がいるではないか、ヨネサワのじじいめ、学校で自分の子に仕返しされるとも知らず弱い者を追うのか。われわれはわいわいいいながら逃げた。そのとき蜂がわたしの耳のうしろを刺したので泣きながら逃げた。泣き面にハチとはこのことだった。

# カラタチ

わたしたちの通った学校の垣根はカラタチだった。棘《とげ》がすごい。わたしたちはその棘をたたいてさやと身とにわけ、小さい刀をつくって遊んだが、あまり褒《ほ》められた遊びではなかった。カラタチには大きい青虫がいた。あげはの幼虫ということだった。「カラタチのそばで泣いたよ」と近くのおばさんがなぐさめてくれたと歌った。

その学校へ行ってみたら、カラタチがなくなっていた。せっかくの記憶を壊されたような気がして、怒りのまざった悲しみにおそわれ、同級生に、あれが切られるときどうして反対しなかったのだ、といってしまった。「寿命じゃないかね」という。そうかも知れない、ずいぶん時間がすぎたからなとおもった。「カラタチが絶滅することはない、あれはミカンの台木にするのだから、実用的な意味でもちゃんと生きているのだ」ということだった。

# 花見

みんなが花見に行くといっている。僕も花見につれて行ってくれとせがむのに、この忙しいのに花見なんぞに行けるか、といってだれも相手にしてくれなかった。母も花見といったって、どこか違ったところで弁当を開くだけだ、弁当をつくってやるから二階でたべなさいといい、わたしは弟と弁当を持って二階にあがった。

花見らしい折り詰めではない。わたしは弁当の容器のことをいっているのではない。羊羹《ようかん》が入っているかどうかで、折り詰めかどうかが決まるのだ。それさえあれば、アルミの弁当箱でもいい。羊羹は急にはできないだろうからがまんした。黒豆やら里芋やら、とうふのからなど、いつもよりはお総菜の多い弁当がつくられた。それを持って、二階の出窓に腰をかけ、弟と二人で弁当をたべるのは、いつもとようすが違うのでおもしろくないこともなかった。そういえばわが家の庭にもサクラがあって咲いてはいたが、どうも家のサクラで間に合わすのは、ふしぎな感じがした。二階からは遠くの高崩《たかぐえ》というところのサクラがはるかに見えるだけだし、弁当をたべおわったら、まことに手持ち無沙汰だった。

花は口実で、酒をのんで騒ぐのが、花見なのだと大人になって知った。月見も雪見も似たようなものである。その証拠には花見のあとへ行ってみると、ゴミが散らかっている。このようなわけで、わたしは小金井《こがねい》というサクラの名所に転居しながら、その後、花見というものをしたことがない。

# 学芸会

『少年倶楽部』はわたしたちが子どものころ非常によく読まれた子どもの雑誌で、講談社が出した。「英雄行進曲」という佐藤紅緑《さとうこうろく》の少年感激美談が載っていた。そして時代を鋭く反映していた。その時代とは一口にいって不景気だった。大学は出ても就職口はなかった。そもそも大学へいくことがむつかしかった。大学どころか中学でさえ大変だった。いまは中学校も義務教育で、高校や大学も生徒数が激減し、入学試験も問題ではあるが生徒が集まらないといって学校側がなげく。

そもそもわたしたちの子どものころとは教育制度が変わり、中学にあたるものが高校となった。ほとんどのものが大学へいくようになり、先生もその数が増えた。

感激美談といっても、その内容はいろいろあるが、一つの典型として、中学校へ進学できない、そして丁稚奉公《でっちぼうこう》をする（映画「二十四の瞳」の中に、質屋に奉公にいくことになって、ハンチングをかぶった少年と、どこかの中学校へいけることになった少年の二人が大石先生のところへ別れの挨拶にくるところがある）ことになる。女子は奉公に出され、どこかの家に雇われて住み込みになる。わたしの覚えているところでは、電話をかけるより、丁稚に一走り行ってもらったほうが安上がり、という時代だった。丁稚や女中奉公はいわば人生のコースの一つで、卑下《ひげ》したものではないのだが、見知らぬひとの保護のもとで働くのは楽ではなかったにちがいない。

山本虎夫《やまもととらお》という韓国人の少年がいた。一つ年上で、五年生のとき、わたしと机を並べていた。かれは家の仕事が「炭焼き」で大げさにいうと、山から山へ動きながら生活することになる。かれはいつも「丑太のようになりたい」といっていた。丑太は佐藤紅緑の書いた「英雄行進曲」に出てくる少年で、同級生の家の丁稚になる。中学へ進んだ同級生の教科書を借りて勉強する。正義漢で町の不正分子と戦う。実生活も「英雄行進曲」とほとんど同じで、先生もかれの学習能力を認めていた。僕もかれに負けまいとしてはげんだ覚えがある。かれは学芸会で歴史の話をすることになっていた。

わたしのいなかではダイガラといいます。
わたしは一度餅をついたことがあります。
大かかりなのでしまっておくのには不便です。
二宮金次郎のように本を読みながらつきます。

ところが家の都合でほかの山へ移動することになり、学芸会の四日前に転校することになった。かれはわたしの机の中へ「げんきでへんようせいよ」といまでも覚えている手紙を残していった。わたしは何のことか判読に苦しんだ。成績はよかったが韓国人であるため、発音がまだ日本語になっていなかったのだろう。しかし「へんようせいよ」ということばが「勉強せいよ」と読めたとき、わたしは一人で泣いた。虎夫はにわかにつけた日本名だったから、行方はつかめず、それ以来会っていない。

わたしは、クラスのなかでも（三月二十日生まれということもあって）、学芸会など合唱のほかに出されたことはないのに、あと四日というところで山本のピンチヒッターを命じられた。

「大化の改新ののち、元明天皇は」にはじまる長口舌《ながこうぜつ》を暗記しなければならなかった。学芸会のとき、暗記の苦手なわたしは舞台に一人で立ち、「大化の改新ののち、元明天皇は」を三唱しても続きが出てこなかった。わたしは真っ赤になって立ち往生した。すごく恥ずかしかったこと、濃い紅色の繻子《しゅす》の幕、そしてそのかげに何かいってくれている先生が見えるのだが、わたしはあのとき、「元気で勉強せいよ」といった山本虎夫のことを思いながら立ちつくすうち、「さあ殺せ」という気分になってきた。先生がわたしを舞台からおろしてくださった。わたしは満座の中で恥をかいたのではあるが、少しも後悔はなかった。あれ以来、いまでも暗記はだめである。

探偵小説の中で割り符というものがあるのを知った。一枚の鉄片を二つに割ってつくるらしいが、これに影響されたわたしの場合は紙にした。それを二つにちぎって、一枚ずつ分けて持つ、それがぴったり合うと、怪人二十面相の変装ではなく、間違いなく割り符の一方を持っている相手ということになる。これを荻野君《おぎの》という子に渡し、かれは律儀にその割り符を持ってきて、荻野であることを確認したあと、かび臭い勉強部屋へあがってもらった。

コンパスや定規の類は天井からぶらさげ、「よく学びよく遊べ」と書いた標語を壁に掲げた。手元の紐《ひも》を引くとゴミ箱の蓋《ふた》があき、放すとしまるという仕掛けにして悦にいっていたが、ゴミはそんなに出ないから、わざわざゴミをつくった。こまったことに、ゴミ箱自体を取り出すことがむつかしかった。勉強はくじ引きにした。くじを引くと、国語とか算数などと書いた紙が出てくる、そして、そのくじの通りに勉強することに決めたが、まれに体操をやってみるほか、くじの通りにはやらなかった。やはりくじは遊びだった。

蔵には、窓が大と小の二つあいていた。小には鉄枠があって、ガラスのはめごろしだったから空気は通らなかった。大はがら空きで枠も柵《さく》もなかった。雨や雪が降り込みそうなものだが、土壁が厚いし、すぐ隣がやはり倉庫だったので、エルの字の形に雨が曲がって降り込むこともなかった。しかしこの窓から見ると、すぐ隣が倉庫の屋根だったから、ある日、隣の屋根に出てみた。まわりのまだ見たこともない景色を見渡して「いいながめじゃ」とおもったまではよかったが、戻るときがあぶなかった。目の下に隣との境目が断崖のように口をあけていた。慎重に手足を動かしやっと帰還した。一種の命拾いで、もう二度とやらないと決めていたが、あとで聞いたら、弟も隣の屋根に出たことがあるという。子どもは何をするか知れたものではない。

## 『少年倶楽部』の復刻

『少年倶楽部』の名編集長は加藤謙一《かとうけんいち》といって、講談社の往年の功労者だった。『少年倶楽部時代』という、講談社絶頂の一時期を書いた本があり、わたしにとっても思い出に満ちたものであった。

わたしと、たしか一つ違いの佐伯哲郎《さえきてつろう》という先輩が講談社にいて、ともに少年倶楽部時代についてわがことのように話し合った仲だったから、その復刻本を出すということになったおり、「タダデモヤル、コレヲホカノモノニヤラセテナルモノカ」と意気込み、それからそれへと当時の本「のらくろ」「冒険ダン吉」「蛸《たこ》の八《はっ》ちゃん」「団子串助漫遊記《だんごくしすけまんゆうき》」「敵中横断三百里」「怪人二十面相」などなど、手当たり次第に復刻本を出し、またよく売れもした。昔の編集長加藤さんも大変忙しかったはずである。

とうみです
風をおこしてゴミを
とばして
実
をとります
風がなく
ても
仕事ができて
便利です

のらくろの本の復刻のときなど表紙が破れていたのでわたしが代筆したものがたくさんある。このとき田河水泡《たがわすいほう》さんがお礼といって色紙をくださった。このほか樺島勝一《かばしまかついち》とか江戸川乱歩など、前述の佐伯哲郎との私的会話はじつに少年時代の再現だったのだが、ほかのひとにはこの感じはわかるまい。

しかし少年倶楽部を復刻したとき、「昔は家が貧しくて、ほしかった少年倶楽部が買えなかった、しかし今、自分の働いた金で少年倶楽部が買えた」というひとがあった（実際にはもっと長く感動的な手紙が二通きた）。それはまさにわたしのことでもあったが、全国には何人の同じおもいのひとがいたかとおもって感無量であった。

加藤さんが津軽《つがる》のひとだったから、あの三沢《みさわ》の太田投手の奮戦の日に、早速そのことを話したら、「あれはね南部《なんぶ》だから」といわれた。津軽と南部の関係はなかなか微妙だなとおもった。この関係は全国にある。どうも日本人は隣接すると、とたんに競争するらしい。

その三沢高校の話は、語り草になっているのだが、もう昔話とおもっているひとのためにネットで調べておいた。

「太田 幸司（おおた こうじ、1952年1月23日―）は、1969年夏、東北勢としては戦後初の決勝進出を果たした。その決勝戦、松山商業戦に2日間の熱投が行われた。1日目は、三沢は満塁サヨナラの好機を2回も逃すなどもあり、延長18回（試合時間：4時間16分）を戦い抜いて0―0の引き分けとなった。太田はこの試合を一人で投げ抜いた（投球数：262球。松山商のエース・井上明〈のち朝日新聞記者。高校野球担当〉も一人で232球を投げ抜いている）。再試合となった2日目の試合も全イニングを投げたが、2―4で敗戦。」

とあるが、あまりにむかしの話となった。

# 免罪符

およそ五〇〇年くらい前、おもにドイツで免罪符《めんざいふ》（贖宥状《しょくゆうじょう》）というものが売られた。キリスト教の世界でひとが死んで「天国に行くか地獄へ行くか」を決める「最後の審判」のおりには、死者が生きていたときに犯した罪のありかたによって審判されるという話になっているが、このとき「免罪符を持っていれば、罪がゆるされて天国へ行くことができる。しかもそれを買う時点までに犯した罪だけでなく、これから先、死ぬまでの間に犯すかもしれない罪も許される」と、そのころの教会は説明したから、このありがたい効きめを信じたものは争ってこの免罪符を買った。なんとたくさん、罪を犯したひとがあったことか、飛ぶように売れたらしいが、それにしても、うまいことを考えついたものだなとおもう。

免罪符は罰金を先に払っておくというよりも、「天国行きのチケットを金で買っているようなものではないか」という疑問が、教会の内部からも出はじめ、マルチン・ルター（のちの宗教改革者）もそのように考え、免罪符を売ることや、そのほか教会の古いしきたりなどを批判し、その信ずるところを印刷物にして配ったりした。でも、そのことがそんなに反響をよぶとはおもわなかったらしい。ヴィッテンベルク（ドイツ）という町の町長でもあり、薬屋を開き、当時の宮廷画家でもあったルーカス・クラナッハは熱烈なルターの味方になった（クラナッハは「アダムとイブ」などの名画を残している。自慢に聞こえるところまるが、ＮＨＫの仕事でヴィッテンベルクへ行ったとき、わたしはいまもあるクラナッハの薬屋さんで、書き物を見せてもらったり、目薬を買ったりした）。

ルターは免罪符の賛成者たちから命をねらわれ、一時、（ヴァルツヴルク）城に身を隠すことをしなければならなかったが、その主張は歓迎され、宗教改革のもととなり、新教がおこって、いまでは、ヨーロッパのどの町にも新と旧と教会が二つあるほどになった。このとき、キリスト教は新旧両派に別れて戦った。争ったのではない、戦ったのだ。

新教は、懺悔《ざんげ》（告解《こっかい》）をしない、神父さんを牧師とよび、また結婚してもいいという。ふつうのことのようだが、ここまでくるのには時間がかかった。

深く信ずるものを信者というが、この字をくっつけて、よーく見てもらいたい、「儲《もう》ける」

という字になるではないか。これはわたしが発見したのではないが、なんと文字はうがった仕組みになっているのだろう。ついでにいうと、「偽り」という文字をよーく見ていただきたい。ひとの為というのは、いつわりかもしれないのだ。

そうはいうものの、わたしは一度だけ神様にお願いしたことがある。

戦後闇市が盛んだったころ、姉の夫にあたるひとがどこからか反物《たんもの》を手に入れてきた。わたしが売ってきてやると、その反物をアルバイト先へ持って行ったところ、一時間もたたぬまに消えた。わたしには弁償する金はないし、盗《と》られたという証拠もない。こまりはてていたら、高森というところへ盗難物発見に霊験《れいげん》のあるお地蔵さまがあるから、そこで願をかけてはどうか、というものがあって、わたしは藁《わら》をもつかむおもいでお願いに行った。

暑い日、たべものもろくにない時代におなかをすかせて行ったのである。そしてそこの石の地蔵さんのようなものを拝むのだった。

それから一年ばかりたって、警察から電話があり、「反物を盗られた覚えはないか」といってきた。犯人は顔みしりの海軍帰りの男だった。わたしは驚喜《きょうき》したが盗品は返ってこなかったし金も戻らなかった。でも姉に対する身の証《あかし》がたったと思っている。ただ、こうしたことが神仏の霊験だとは信じていない。

ついでに書く、神様に祈ったことがもう一度ある。松江に行く仕事があって、そのとき出雲へも行った。松江の一畑百貨店に知り合いがあって、便宜をはかってもらったのである。そのとき、はじめて出雲大社を見た。なんとも大きい注連縄《しめなわ》がかかっていた。たまたまわたしの娘の縁談が実りそうなときだった。わたしが名高い縁結びの神にすなおに祈ったためか、神の悪口をいうわりには、霊験があったのがふしぎである。

# テレビカメラ

テレビを見ていると、ライブという文字が出ていることがある。これはいわば実況中継のように、ただいま撮影中で、そのままを放映している、という意味らしい。

ライブでなくてもよいが、登山の場面を撮っていたとすると、カメラマンはその後を追い、あるいは先回りし、ときにははるか遠くから、一行の登山状況を撮るかとおもうと、崖《がけ》にきざんだ細い道を行かねばならぬこともある。カメラマンはカメラをのぞかねばならないから一方の目をあけたままで進むため、足下を見ることができないから大変である。

これはほんの一例だが、およそテレビは、「テレビカメラを通じて見ている」。いいかえればカメラを通さないで見ているものはない。劇画や映画館などは直接ではないが、それもカメラがなくてはできないことになる。

活劇の場面も、戦闘の場面も、ふつうは他人のいないはずのいわゆる濡れ場でもカメラマンがいる。

これは何万人もの人間が、いっせいに一つのカメラをのぞいていることと同じである。こうおもうとテレビの虚構性がみえてきて、さきほどのライブというい
いかたの切なさがわかるような気がしてくる。

ドッキリカメラという評判のだしものがある。これはおもしろいが、ドッキリカメラにしては、カメラワークがよすぎはしないか、とおもうものがある。映されている本人が気づかないはずがないというほどにカメラが活躍している。これはカメラマンがカメラマンとして不断から動いている習性がそうさせるのではないかと同情気味な気分で書いている。

手品、奇術の類に、テーブル奇術、舞台奇術の違いがあるが、このごろテレビ奇術というものもあるという。これはカメラが手を貸しているか、カメラマンにはからくりが見えているというような場合である。

いろんな場合があろうが、ともかく、カメラは、登山の場合の奮戦のようであってほしい。カメラが信用をうしなってはよくない。

# ウソとホント

神は小説なのだ。『犬神家の一族』という横溝正史の小説があるが、あのような小説ならおもしろく読むことができる。これは小説として、ウソを承知のうえで事実のように感じてたのしむのである。

世の中にはウソとホントウの二つがあると考えている。

ウソは舞台の上

ホントは観客席

演劇はいうまでもなく、小説や絵や音楽その他、芸術とよばれるものはみんな舞台の上のことで、それを見るもの読むものなどはみんな観客席にいる。この境目をとりちがえてはいけない。

舞台の上なら振り込め詐欺のように、いかにもホントウらしく表現してもいいが、観客席でやられては大変なことになる。

「恋」は例外で、ウソとホントをごっちゃにしてしまった結果のようにおもえる。観客席にいながら、夢をえがき、夢と現実との見境がつかなくなっているようにおもえるからだ。

観客が舞台に働きかけ、わがことのように、身につまされることも少なくない。人形芝居「文楽《ぶんらく》」が、人間の演技よりも真に迫ってくるのは観客がいかにも熱く舞台に働きかけるからであろう。

舞台裏は観客席と同じ現実の世界である。舞台を「表」だとすると、舞台裏は文字通り「裏」である。手品の種を見たがるように舞台裏を見たがる客もあり、テレビはむしろ舞台裏を見せたがるきらいがある。現実に相撲などの場合は控え室に行く途中を映す。もし舞台裏を映し出すと、映したことによって、「裏」が「表」になる。

佐藤忠男《さとうただお》（映画評論家）の話を聞いたことがある。これがとてもおもしろかった。

撮影所は、世界の縮図といってもいい、そこは人生の学校だった。そうだろう、ウソをかためて、ホントウに見まがうものを、毎日生み出しているところである。監督さんはわかってい

麦打ちの道具は
よく考えてあります
フランスの
ノルマンディ
でも
同じ
道具
で麦打
ちをしていました

るが、ほかのものは、各自が何をしているのかよくわからない。めまぐるしくて忙しくて、考えているひまもない。監督といっても、映画の撮り方の学校があるわけではないし、あったとしてもそういう学校へはいかないほうがいいかもしれない。大学は出ても、撮る世界は大学を一番で出たからうまく撮れるということとは関係がない。

事実、名だたる映画監督でも学校へはろくにいっていない。東大出身は山田洋次《やまだようじ》監督を待たねばならなかった（聞くところによるとその当人も大学へはあまりいかなかったか、とにかく中退寸前だったという話がある。黒澤明も似たようなものだった）。

早い話が学校で学ぶより、撮影所というコ

ンダクの中で学ぶほうがいい。たしかに佐藤さんのいう映画の筋書きの一例は、学校へいっても学ぶことのできないものだった。

そういう世界で働いているひとがあるから映画ができる、と思っていた高峯秀子《たかみねひでこ》さんは、そうした黒衣《くろご》のなかから毎年功績の大きかったひとに賞を出す基金を用意している。

話は戻るが、『聖書』は神をえがいた文学だとおもう。非常によくできていることは賛美歌や宗教画も同じである。「後の審判」もおそれながら文学だが、しかしそれを種にして観客席で免罪符を売ったり(ウソをホントに)してはいけない。舞台の上と観客席とを同じにしてはこまるのは、先に書いたとおりである。

日本には免罪符というものはなかった。そのかわり、幕府がキリスト教を厳しく禁止していたころ、踏み絵というものがあった。これはキリストを信じるひとと、信じないひとを仕分けして調べるために、キリストの像をかたどった偶像《ぐうぞう》を踏ませ、踏むことができれば信者ではないが、できなかったらその者はキリスト教の信者だと決めつけた。善良な信者は踏むことができなくて信者とされ、拷問《ごうもん》によって改宗を迫られ、その結果、死者も出るほどだった。

キリストの神がほんとうにいるとしたら、自分の絵姿を踏んだからといって罰を与えたりするだろうか。またその絵姿はだれがつくったものだろう、つくったひとははじめそれが銅か鉄か、ともかく溶けた金属であったことを知っているにちがいない。そのようなことはキリスト者でも、わかるひとがあったとおもえるのに、どうしてその絵姿が踏めず、罪に服して拷問をうけるのだろう。

実際には、そんなことはやがて理解でき、キリスト教を信じていても踏み絵を踏むものが出てきた。つまり、踏み絵の審判もしだいに効果がなくなってきた。つまり、キリストの画像を踏んでも心の中ではキリスト教を信じているかもしれない。

国歌「君が代」を歌うか、歌わないか、そのときに直立して威儀を正すかどうかというようなことは、外見で判断しても意味のないことになる。

見たところでは服従していても、腹の中では背《そむ》いている場合があろう。つまり面従腹背《めんじゅうふくはい》を強《し》いてはいけない。起立して国歌を歌うことを拒否するひとは、むしろすなおなひとかもしれない。

わたしたちの大切な「国歌」を「踏み絵」にしてはいけないのである。

宗教には疑問をもつが、その宗教に託して自分を癒やすほかないこともあろうと、理解しているつもりである。

# 千人針

ポルトガルのある教会の前の広場を、膝《ひざ》で歩いていた（膝行《しっこう》）ひとを見たことがある。血を流しながら何かを祈りながら進むのである。そばにだれか身内のひとがついていた。何かよほどの願いがあり、自分を傷つけてまで祈ろうとしているのだろう。

日本のお宮には百度参りの勘定をする一種のそろばんを備えているところがある。一度拝んでそろばんの珠《たま》に似た鉄片を一つ動かす。拝むといってもただ頭をさげるだけではない。石段をおりるなどして、はじめからやりなおすほどにお参りし、これを一〇〇回つづけるのである。

わたしは子どものころ、はだしでひたひたと石段をのぼりながら、このお百度参りをする女のひとを見たことがある。その一心なようすはじつに鬼気《きき》迫るものがあった。それはきっと戦場にある子か夫の無事を祈願しているのだろうとおもわれた。

「二十四の瞳」という映画を見たひとは、

「天に代わりて不義を撃つ、忠勇無双の我が兵は、歓呼の声に送られて、いまぞ出《い》で立つ

父母の国」

と勇ましい軍歌に送られて出て行く兵士を見たことがあるだろう。その一団は、曲がりくねったあぜ道を行った。あのように、むかし一人の兵士が出で立つ日は、心づくしの幟《のぼり》がつくられた。「祝出征　何のなにがし」などと書かれ、幟は風にひるがえった。近所のひとはおめでとうといいにきた。兵士は親とも友だちともきっぱり別れて、ほとんど運命を天に任せた。汽車に乗るか、船に乗るなどし、軍歌は大声で歌われ、ちぎれるほどにふられる日の丸の旗の群衆に送られた。歓呼の声だけが耳に残った。旗の波にもみくちゃにされなければ、国をたつときの感傷をふりきることができなかったかもしれない。わたしもそうして兵隊になった。

ふとおもいだした。香月泰男《かづきやすお》という画家があるが、その奥さまが書いておられる『夫の右手』という本がある。出征兵士を送りに行ったみんなの前で将校から撲《ぶ》たれる兵士を見て悲しかった、と書かれていたことがいまも心に残っている。撲たれたひとの親はどんなに悲しかったことかとおもう。それでなくても命の保障のない戦場へ出て行くのではないか。

あの戦争中（太平洋戦争）、千人針《せんにんばり》を刺してもらうために街頭に立っているひとを見たこともある。むかしの日露《にちろ》戦争の時代にすでにあったと聞くが、そのころロシア兵は「日本の兵隊は、こんなシラミの巣みたいなものをつけている」といって笑ったという。

笑いごとではない。千人針というのは、はちまきのように体に巻くくらいの晒《さら》し布に、千のしるしをつけ、街角に立って通りがかりの女のひとから一つずつの玉結びをしてもらい、千の玉結びをつくって戦場に出て行くひとの体に巻けば、弾よけになるだろうという熱いおもいによるものである。

そうした千人針が弾よけになるかどうか、それはつくるものの祈りに近い。戦場へ出て戦う兵士にくらべれば、女のひとが千人針を刺してもらうために街角に立つのは苦労のうちに入らないと考えたのだろう。

これを迷信といえるか。弾よけになるかどうかはさておき、千人針のために街頭に立ちでもしなければ自分の気持ちを癒やす方法はなかったのだろう。信仰のなかにはこのように切実なものもある。

戦がはげしくなるにつれて、街角に立つより学校へ持って行けば早くできる、寅年の女のひとは年の数だけ玉結びをすることができるという話がどこからともなく流布《るふ》した。わたしたちは寅年だったから、同級の女の子はたくさんの千人針を刺したという。この話は、いかにも現実的なほんとうの話である。

# 肉弾三勇士

肉弾《にくだん》三勇士（爆弾三勇士ともいう。『天皇陛下万歳』という上野英信《えいしん》の本がある。ちくま文庫）という軍神の話があった。わたしが小学校の二、三年生のころのことで、上海《シャンハイ》に上陸した日本軍がさらに攻め進むためには廟行鎮《びょうこうちん》というところに張りめぐらされた鉄条網を取り払う必要があった。久留米《くるめ》連隊の工兵隊が爆弾を仕込んだ筒を鉄条網の下に設置し、それを爆破していっきょに突破口を開こうとした。えらばれた工兵隊が進んだが、なかでも江下、北川、作江の三人は爆発のタイミングをはかりそこなったか何かの原因で殉職《じゅんしょく》し、昭和の軍神として喧伝され、日本中が沸《わ》いた。教科書はもちろん、文鎮、下敷き、ノート、筆箱その他、当時この三勇士をかたどらぬものはないというほどだった。

一世を風靡《ふうび》した歌があった。与謝野鉄幹の作である前の部分だけ掲げる。

爆弾三勇士の歌

一、廟行鎮の敵の陣
　我の友隊《ゆうたい》すでに攻む
　折から凍る如月《きさらぎ》の
　二十二日の午前五時

二、命令下る正面に
　開け歩兵の突撃路
　待ちかねたりと工兵の
　誰か後《おくれ》をとるべきや

　しかし、当時のマスコミの喧伝にくらべて、事実は美化されすぎていたためか、急速にこの軍神の話は消え、マスコミの騒ぎすぎ、ということになって、この美談も一年くらいのうちに消えてしまった。

　最近会った古い友だちが、久留米連隊に入隊したといった。あれは肉弾三勇士の故事のあるところではないかと聞いたら、そうだ、そのために廟行鎮まで行軍させられて足にまめができたといっていた。

えびや
えびや醤油

## 中国大陸の事件

一九三一年（昭和六年）奉天《ほうてん》（現在の瀋陽《しんよう》）郊外の柳条湖《りゅうじょうこ》あたりの南満州鉄道線路上で爆発が起きた。柳条湖事件という。のちに日本の関東軍の謀略であったことが、戦後のＧＨＱの調査などにより判明している。

しかし、このことについては、わたしは知らなかった。

日本軍は満州（いまの中国東北地方）を電撃的に占領し、愛新覚羅溥儀《あいしんかくらふぎ》を代表とする満州国をつくったが、世界はそれを認めなかった。

「傀儡《かいらい》政権でないなら日本軍が駐睹しているのはなぜか」という問いかけの答として、全権大使松岡洋右《まつおかようすけ》は国際連盟を脱退した。芝居を見すぎた日本人は、満座の中を席をけって去る松岡洋右に、花道を去る役者のように拍手を送った。写真新聞が津和野にも貼られた。そのころニュース映画は見たことはないが、のちに見て、あ、これは花道だったなと感じた。

七月七日（一九三七年〈昭和十二年〉七月七日）といえば七夕の日なのだが、わたしはいつも盧溝橋《ろこうきょう》事件をおもいだす。

わたしは小学校の六年生だった。その日、盧溝橋で日本軍が演習しているところへ、対岸でやはり演習していた支那軍が発砲してきた、という。見たわけではない。突発的な軍事衝突だった、と聞いたが、事実はどうだったかわからない。

それから戦いがはじまり、日本軍は重慶《じゅうけい》まで攻めのぼって重慶を陥落させた。

そのころ津和野の長峰時計店という店に「重慶陥落」と大書されているのを見つけた望月君がマントをひるがえして、「おい、重慶が陥落したんだ。万歳をやろう、おまえらあも万歳せえ」「バンザーイ、バンザーイ、バンザーイ」と三唱した。

わたしたちは子どもだったから、日本が負けるわけがない、早くも重慶を落とした、日本軍は強い、と頭から信じていた。戦線が拡大すると前線が細く長くのび、補給がむつかしくなり、兵站《へいたん》（支援物資の配給や整備、衛生施設の構築や維持など）が、むつかしくなる。日本軍はこの兵站が不十分だったといわれている。

重慶市といっても、その面積は北海道くらいあるというから、人口密度は低い。重慶陥落といっても、日本の感覚からするとだいぶ違うかもしれないとおもう。

日支事変は烈《はげ》しくなり、津和野でも出征兵士の家があちこちにできた。その兵士の家には日の丸の標識がさがった。看板のない家は肩身がせまかったという。

事変とはまったくべつに、ある日、平和な津和野で殺人事件が起こった。犯人にはいち早く召集令状がとどき、最前線に送られたといううわさがあった。

# 戦争、そして平和

日増しに戦時体制に入っていった。防空演習や教練が一般市民、婦女子の間にも行われ、「前に進め」とか「頭《かしら》、中」などの教練に退役老軍人が活躍した。わたしの母は右手と右足が同時に出るので歩くのがうまくいかず、見に行ったわたしは顔から火が出るおもいをした。また、町民は交代で防空監視所というところへ詰め、毎晩空を監視することになった。濡れた畳でも七枚を通す、という触れ込みの焼夷弾《しょういだん》を見た。催涙弾の演習から走って逃げたこともあった。あれは、じつに目にしみる煙が出るのである。

町の辻には防火用水、桶、火たたき棒、濡れむしろなどが準備された。演習では、空き缶をたたき、「焼夷弾が落ちましたー」と絶叫するひとがある。なぜか焼夷弾は町の四ツ辻の真ん中に落ちた。空き缶をたたく音を聞くと、みんなは防火用水のもとへ集まり、平素練習していたとおりに、燃えさかる焼夷弾と格闘し、バケツリレーで水を運んで火を消した。

事実はどうだったか。

わたしは、高松市が焼夷弾の襲撃に遭《あ》う場面を見た。「落ちましたー」などといっている場合ではない。逃げる場所も燃えている。焼夷弾は、あとからあとから雨霰《あめあられ》と燃えながらふりそそぐのである。木造の多かった日本建築はひとたまりもなかった。

竹田津実《たけたづみのる》は、郷里の竹田津の対岸が徳山であるため、徳山市の爆撃を遠望した、それはものすごいものだったという。

それは太平洋戦争がはじまってからのことだった。ネットの記載によると、日本時間十二月八日月曜日午前四時二十分（ワシントン時間十二月七日午後二時二十分）に、来栖三郎《くるすさぶろう》特命全権大使と野村吉三郎《のむらきちさぶろう》大使が米国務省のコーデル・ハル国務長官に交渉打ち切りを通告する「対米覚書」を手交した。午前三時（ワシントン時間十二月七日午後一時）に手交することが決まっていたが、タイピングに手間取り、真珠湾攻撃後の手交となったと、真珠湾攻撃は、だまし討ちではなかったというのだが、事実上は宣戦布告以前の攻撃となった。

アナウンスは「帝国陸海軍は今八日未明、西太平洋においてアメリカ、イギリス軍と戦闘状態に入れり」と報じた。学校へ行く途中のわたしたちはびっくりした。こっそり映画「駅馬車」「ターザン」などを見ていて、ああいう映画をつくる国と戦争をして大丈夫だろうか、と話した覚えがある。徳川夢声《とくがわむせい》によると、ちょうどそのころアメリカでは「風と共に去りぬ」を撮っていたというのだから、大丈夫ではなかったといえる。

このあと、わたしは船舶兵になって、柳井《やない》の暁部隊（船舶兵の部隊という意味）に入隊した。それから四国の、当時の香川県綾歌《あやうた》郡王越《おうごし》村（現在は坂出市王越町）というところへ行き、その船舶を秘匿《ひとく》する壕《ごう》を岩に掘り、または木を組んで穴をつくり上から土をかぶせる作業にあけくれた。内務班の二等兵がどんなに悲しいものだったか。あえて書かない。そのとき壕をつくる土建作業の下請けにきた（炭鉱から脱走した）朝鮮人にぱったり会った。なんという奇遇《きぐう》であろう、わたしたちはその奇遇をよろこび、かれは貴重なたばこをたくさんわたしにくれた。お礼をいいたいが、宛名がわからない。

軍隊では、世の中のことは何も知らなかった。広島に原子爆弾が落とされたことも知らなかった。ただ高松市が爆撃にあって噴火山のように煙をふきあげるのを見ただけである。

初年兵はひどいものだった。草刈君という小学校の同級生が、わたしより一足遅れて兵隊になったが、彼等の部隊にはまた新しく初年兵が入ってきたので、それに対して古参兵にあたる草刈君はわずか一日の長のために楽をしたといっていた。

兵舎は王越村の小学校で、夜はそこの講堂に寝た。二小隊で講堂はいっぱいになり、毎晩上等兵からしごかれた。夏だったから、穴のあいた一つの蚊帳《かや》あたり七、八人が入って寝た。何かの間違いでさる上等兵と一緒に蚊帳に入った戦友（同輩）が死ぬほど何度もなぐられ、一晩中寝ないで立たされた。これは残酷《ざんこく》というより、あまりにむごいことで死ぬかとおもったが、だれも注意するものはなかった。これは、兵舎の中でわたしたちが目撃した、哀れな二等兵の出来事である。

やがて戦争に負け、王越村の対岸にある鷲羽山《わしゅうざん》（倉敷市）に一時集結し、ひと月くらい汽車の便を待ってやっと父母のもと（徳山）へ帰った。一人だけ軍隊を脱走したものがいたが、あそうかとおもった。わたしは脱走のことには気がつかなかった。

以下は、わたしが何も知らなかったために、話のつじつまを合わせるために、メモしたものである。

ネットの記載によれば、ミッドウェー海戦は第二次世界大戦中の昭和十七年（一九四二年）

六月五日（アメリカ標準時では六月四日）から七日にかけてミッドウェー島をめぐっておこなわれた海戦。この海域の攻略をめざす日本海軍をアメリカ海軍が迎え撃つかたちで発生した。日本海軍の機動部隊とアメリカの機動部隊およびミッドウェー島基地航空部隊との航空戦の結果、日本海軍は機動部隊の航空母艦四隻とその艦載機の多数を一挙に喪失する大損害をこうむり、ミッドウェー島の攻略は失敗し、この戦争における主導権をうしなった、という。

この海戦については、澤地久枝《さわちひさえ》の『滄海《うみ》よ眠れ』という精密なドキュメントがある（その戦場で命を落とした日米双方の戦死者の訪問記録などを含む）。

このとき、日米の勝敗は決定的となった。しかし、多くの日本人は大本営発表を信じ、実情を知らず、食うや食わずで日本国のために戦おうとした。

ついに日本全土は焦土と化した。

そして、朝鮮戦争が起こった。

いま、日本は戦前以上の繁栄の中にある。七〇年の間、戦争をすることでなく、戦争をしなかったことによって、繁栄を手にしたのではなかったかとしみじみおもう。

# 測量のアルバイト

そういえば、戦後すぐのころはすることがないので、朝平《あさひら》というひとの世話で徳山市復旧のための測量アルバイトをした。

測量のための測点を辻つじに打ち、これをつないで、いわば測量のデッサンともいうべき編み目をつくって、その位置を相互にはかって図面に点の位置をえがく。

その測点ごとに平板測量をして、点の位置のまわりにある家や垣根、橋、川などを写しとってくる。絵ではない、数字に即してはかるわけである。A点でとった平板測量の図面とB点でとった図面が正確につながるのは当たり前だが、事実はなかなかそううまくいかないので、絵画的につなげることになる。もっともそのころの徳山は一面焼け野原で、家はきわめて少なかったから測量は楽だった。各地の平板測量は玉突台ほどの大きさの図形に移し替えられ立派な地図になった。

拡大縮小は、子どものころに買った拡大機というものと原理はそっくりで、専門的にはその動きがじつにスムースになるようにできていた。

この測量の前後に会ったひとたちがある。みんななくなっているだろうから、謹んでお名前だけ書いておきたい。山本さん（コンニャク）、松原さん（ガソリン）、堀内さん（土建業）、渡辺さん（鉄鋼）。

前述した、反物と海軍帰りのひととの関係はこのころのこと。

土建業の堀内組の堀内さんは、「あんたは沖の義弟だというではないか。そうだったら、あの善一に会いたい。若いころ何人かでつるんで徳山一帯をよたって歩いたもんだ」という。わたしは二人を会わせて、その若いころの話を聞くのはおもしろかった。背中に入れ墨を入れている男たちの話を聞くのははじめてだったが、かつての威勢もいまは落ち着いていたからおもしろかった。

なにしろ鍋の底に黒いものを塗って火にかけると、黒いほうがはやく沸騰する。「それを実演販売して、鍋の底に塗る墨を売るのだ。あ、そういえば穴のあいた鍋を修繕するというのもあったな。ああ、あれは硫黄《いおう》に墨を混ぜて型に入れて固めればいいんだ。熱した鍋の穴にあててこすると硫黄がとけて穴をふさぐ。水を入れて火にかけても水がある間は硫黄もとけないんだ」といって笑った。堀内は土木課が仕事をくれないから、「役所になぐりこみをかけてな、悪いことをしたもんだ」という。この二人は、ほかにも何をしたかわかったものではない。

あのころは四熊《しくま》という田舎に住んでいた。父はまだ生きていたが、七十歳くらいですでに痴呆が進んでいた。だからわたしが月給でもらった百円札を見せると、びっくりしてたいした出世をしたものだと喜んだ。

その勤め先から、アルバイト先までは二時間近く歩いたが何ともなかった。代用教員の定職があって歩く距離は短くなった。

父は大インフレについては知らなかった。宿屋をやっていたが、お手伝いさんがみんな徴用にとられる時代になり、客もこないから、宿屋の浴衣だの、丹前だの、座布団、マッチそのほかみんな米に換えて生き延びた。

小春日に乙女の色のひるがへりころもほすてふ天のかぐ山（『片思い百人一首』より）

は、その田舎に住んだころ、田んぼに山ほどの衣装を干している家の話である。

# 世の中から学んだこと

万年筆工場が火事になり、会社がつぶれて、灰の中の万年筆をもらってクビになった、国に帰る電車賃が必要なのでこうして万年筆を売っている、というひとがいた。そばには火事になった工場の写真があった。一本ずつ、灰を落としてはきれいにし、もとのような万年筆にして売っていた。

「カワイソウナマンネンヒツヤサンデシタ」と作文に書いたら、先生が「キミガオトナニナッタラワカルデショウ、キミハヤサシイコデス。イロンナオトナガイマス」と書いてくれたことを覚えている。

わたしは、学校の教育よりも、そんな祭りの刺激の中から学んだことが少なくなかったと、おもっている。

以下に、その実際の社会の中で学んだことを書いておきたい。これは各地から集まった大人たちの話とつきあわせてみると、ほとんど日本中で同じものを売買し、見聞しているらしいことがわかった。みんな大なり小なり同じ経験をしているらしい。

## 占い

わたしが子どものころのある日、お祭りにおもしろい占いのお札売りがいろいろきた。占いの答を印刷した札が、自転車にのせた箱のひきだしにたくさん入っている。そのなかから適当に選んだ十数枚ばかりの占いカード（たて封筒くらい）の一方の端に、買いにきた客に印をつけさせる。よくシャッフルし扇のように広げ、印をつけたカードとは反対のほうを広げて、同じ自転車に乗っている狐の鼻面をなでる。すると狐はさっと一枚のカードを咥《くわ》えて抜き出すのだが、その一枚はおどろくなかれ、先刻の客が印をつけたカードなのだった。この話をしたら、きっと手品だなという友だちがあったが、その方法まではとけなかった。

わたしはいま考え中である。

また、かごの中に山雀《やまがら》を飼っているおみくじ屋さんもあった。客がきたらその山雀に粟粒を一つたべさせる。山雀はピョンピョンと跳ねるようにとんで籠の中にしつらえられたお宮の鳥居をくぐり、鈴をならし、ちょいと拝むしぐさをして、そのお宮にしまわれている占いの巻紙を咥え、またピョンピョンととんで、おみくじ屋さんにわたす。そのおみくじ屋さんは、また粟粒を一つたべさせる。その後このような占い師を見たことはないが、ここまで山雀に芸を仕込んだ努力をおもえば占い料は安いとおもった。これはネットの動画で見ることができる。

また、占いのカードに何か質問を書き、それを水につけると質問の答が浮き出してくるというものもあった。たとえば「どこかにお金が落ちていないか」と書くと「下を向いて歩け」という答が浮き出すのである。紙に明礬《みょうばん》を溶いたもので文字を書き、乾かすと文字は消えるが、水につけると文字が読めるようになることは、そのころの少年雑誌で知っていた。まさか、質問の答が出てこようとはおもわなかった。

そういえば、若い女のひとが見てもらいにくると、「あ、あなたは、何か、悩んでいることがありますね」といえば、何事かをすでに言い当てられたような気になって、占い者を信じる気になるという話である。

おどろくなかれ、わたしの田舎には、むかし「ほとけおしえ」というものがあった。それを仕事にしているひとが、死んだおかあさんとか、おじいさんなどになりかわって、悩みごとに答えるのである。友だちは「おがみや」ともよんでいた。

聞くところによると、死んだ父になりかわったおがみやさんは、肩がこるとか、腰をもんでくれ、などと注文するらしい。そしてできるだけ父親になりかわったつもりで質問に答えるというのである。この祈祷師《きとうし》がきたとき「この家の主《あるじ》ちこうよれ」と一カツされたときは、肝《きも》をつぶしたものだとおどろいていたが、死んだ父親になりかわって演じるのはなかなかむつかしいとおもった。

では馬券はどうか。自分の判断で買えばよさそうなものだが、馬券を買うひとはそんな野暮なことはいわない。予想屋のいうことは参考になるし気休めにもなる。金をかけるのだから、ひとの意見も聞きたくなるらしい。

「一寸先は闇」とはじつによくいったものである。地震を予告したが外れたといって、責任を感じた本人が自殺未遂をした例がある。一九七四年六月十八日の朝日新聞によれば、八尾《やお》市の宗教法人「一元ノ宮」の教祖元木勝一氏は「六月十八日八時大地震が起こる」と予言していた。大阪府警は流言蜚語《りゅうげんひご》のもとになると注意していた。この予言は外れ、教祖は責任をとって割腹自殺を図ったという。予言をするものはこのくらいの覚悟でやってもらいたいとおもうが、ほかにこれほどみごとな例があるだろうか。

これらの努力にくらべて、お宮にある「占い自動販売機」のおみくじはどうだろう。それほど苦労していないではないか。でもわたしは了解する、世の中はそうやって一寸先の苦労をおそれながら生きているのだ。

## バナナのたたき売り

司馬遼太郎さんたちと、台湾へ行ったとき、輔仁《ふじん》大学日本語科の学生が四人、通訳兼日本語の勉強についてきてくれた。そのときの先生は吉田信行さんといって当時は産経の支店長だった。この方には別件（わたしのガンのこと）で命のお世話になったがここに書くのはやめる。

わたしたちの行ったところが台湾だったために、日本語の勉強としてバスの中の余暇を利用して学生たちに「バナナ売り」の口上《こうじょう》を教えた。といっても、わたしはうろ覚えだったけれど。

「生まれは台湾、台中で、青いうちからもぎ取られ、国定忠治《くにさだちゅうじ》じゃないけれど、唐丸籠《とうまるかご》に詰められて、金波銀波《きんぱぎんぱ》の波こえて、門司《もじ》の港へ着いたなら、あまた仲仕《なかし》がさわぎだす」とはじまるのだが、変化がいろいろあって、定番はないらしい。なにしろ長旅で、傷《いた》んだバナナが出てくるので、門司でただちに大安売りをするのだと聞いた。

さあはじみょうか、はじみょうか
始めがあるなら終わりあり
尾張《おわり》名古屋は城でもつ

と教えていると、司馬さんが解説しなければならぬはめになった。「もつ」といっているのは、「名古屋城は名古屋のシンボルといっていいほどのものだから。で、いまの名古屋があるのは、その城があるためだ」という意味を含めて「もつ」というのだ。

うちの所帯《しょたい》はカカでもつ

というのは、いい意味なのだが、庶民としては奥さまというのが口はばったいという感じ方から、「カカ」ということがある。「カカア」とのばしていうことがふつうだ、という名訳であった。

カカの腰巻きゃ紐《ひも》でもつ

司馬さんは、売り声があやしくなってきたと感じたらしく、解説の役はできないといいはじめた。

紐のシラミは皺《しわ》でもつ

解説も司馬さんの限界を超えたが、台湾の学生たちは、勉強になったといった。

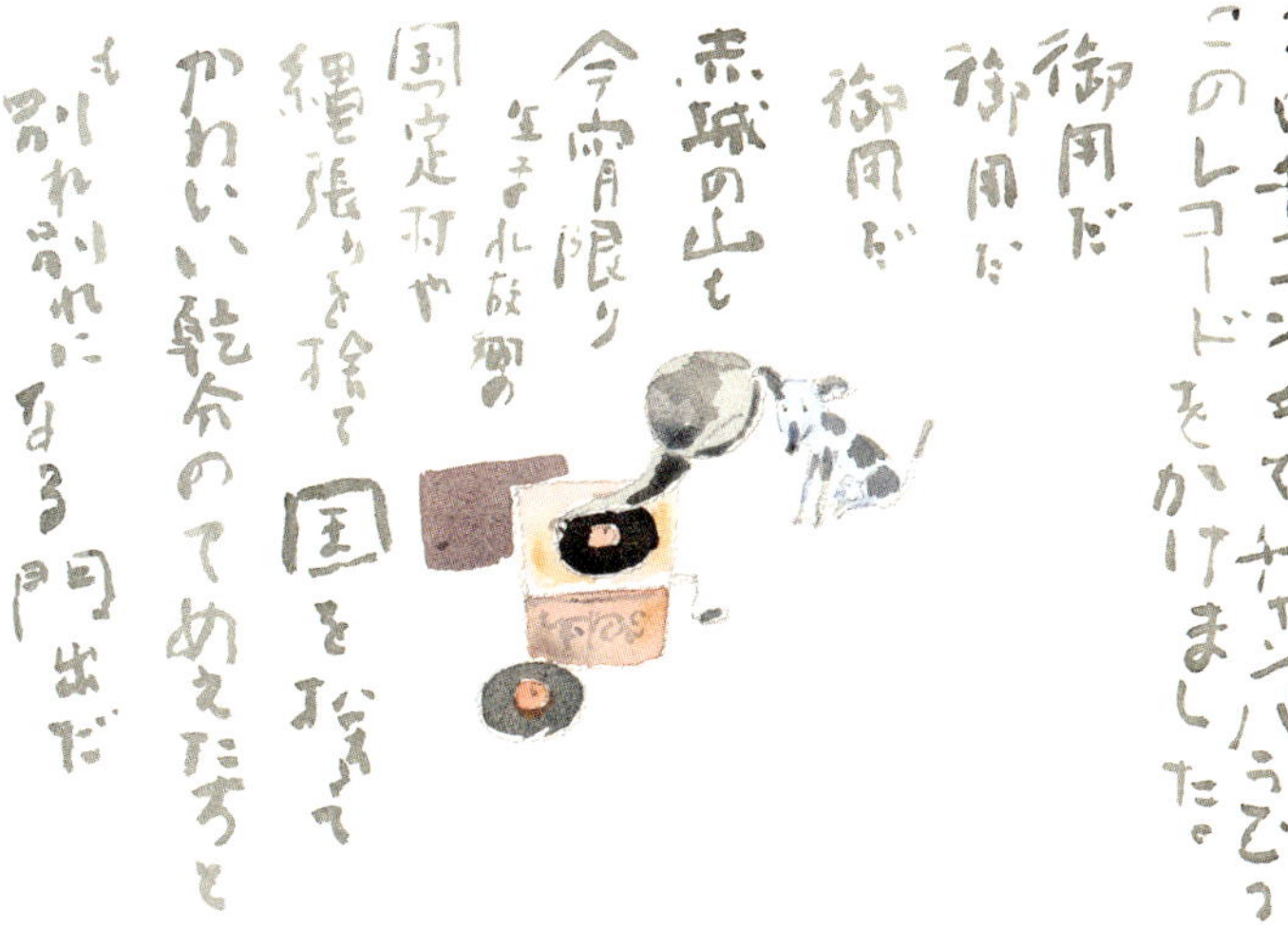
このチコンキでチャンバラごっこのレコードをかけました。
御用だ
御用だ
御用だ
赤城の山も
今宵限り
生まれ故郷の
国定村や
縄張りを捨て 国を捨て
かわいい子分のてめえたちと
も別れ別れになる門出だ

映画「男はつらいよ」の寅さんのように、口上だけでひとをひきつけるのはむつかしい。舞台の上ではなく路上である。舞台なら客ははじめから嘘《うそ》の世界を見にきているのだが、口上師は聞くつもりのないひとの足をとめねばならない。

小さい声で「蛇が鳴くよ」とつぶやく。そこで一人でもいいから足をとめたら、たちまちひとの輪ができるという。

尾張名古屋は城でもつ
うちの所帯はカカでもつ
カカの腰巻きゃ紐でもつ
紐のシラミは皺でもつ
城のまわりにゃ壕《ほり》があり
壕の中には蓮《はす》があり

蓮の中には穴があり
あなゆえ皆さま苦労する
ワタシャバナチャンで苦労する
このバナちゃんをたべたなら
何時《いっ》も学校は優等生
ならんことにはうけあいじゃ
これまけとけ五八で
権八《ごんぱち》ゃむかしのいろおとこ
これまけとけ五五で、
ごんごは鎌倉鐘のおと
これまけとけ五十で
五十の後家さんしょうがない
毎夜毎晩裏庭で、ついに大望《たいもう》とげちゃった
できたこどもがバナナ売り
これまけとけ四四《しいしい》で

しいしは子どもの寝小便
これまけとけ三三で
三三碁目《ごもく》じゃ通らない

以上はうろ覚えで、変化も多いが、詠み人知らずになるほどに、熟成している。

## がまの油

大切にしている『筑波山《つくばさん》がまの油物語』(八木心一。崙書房)という本に、「さあお立ち会い」にはじまる口上が出ている。

落語にも「がまの油」がある。

四面鏡の箱の中にがまを入れると、そこに写る己《おの》が姿のみにくさのあまりに、たらりたらりと脂汗をながす。それを集めて三七二十一が間、精製してできたのがこの油、これにテレメンテイカにマンテイカを混ぜる。テレメンテイカはテレピン油のことで、マンテイカは爽涼感《そうりょうかん》のために混ぜるポルトガル伝来の貴重品らしい。

第一の薬効は、湿疹《しっしん》、雁瘡《がんがさ》、揚梅瘡《ようばいそう》、しもやけ、あかぎれだが、イボジ、キレジ、アナジ、ジャッカジなど、聞いたこともない痔に特効があるという。

落語の場合は花見でにぎわうお宮の境内《けいだい》などが舞台である。「盲《もう》亀《き》の浮木《ふぼく》か、うどんげの花咲くときにめぐり会いしか」などという。友だちの数学者から聞いたところによると、盲亀の浮木は、目の見えない亀が大洋を流れている浮木にたまたま巡り合うという、確率からいうと、ほとんど0《ゼロ》に近い僥倖《ぎょうこう》のこと。優曇華《うどんげ》は三〇〇〇年に一度しか花を咲かせないという伝説がある。昆虫にもウドンゲというものがあるが、これはクサカゲロウの卵塊をいう。わたしは一度見たことがある。むかしの電灯の傘に産みつけられていた。長い脚の先に卵が一つ産みつけられる。これが何本も集まっている。すると花のように見える。

つまり、がまの油売りに身をやつし、親の仇を探しつづけたが、「盲亀の浮木か、うどんげの花咲くときにめぐり会ひしか」と仇《かたき》にであった。「いざ尋常に勝負しろ、妹御よご油断めさるな」と刀をぬく。早くもひとの輪ができて、そのひとだかりを利用してがまの油を売るのである。

落語では、血がとまるとふれこんだのに、血がとまらなくなり「お立ち会いのなかに医者はおられぬか」という次第になる。

いまはどうか知らないが、津和野の太皷谷稲成《たいこだにいなり》の祭りには近郷近在から大勢の人が集まってきた。いつになく多めのお小遣いをもらって、お祭りの雑踏に出ていく。これが年に一度のたのしみだった。

世界三大稲荷とされるものがあって、

一番は京都郊外の伏見《ふしみ》稲荷

二番は東京の豊川《とよかわ》稲荷

三番はご当地、太皷谷稲成

などと口上をいう。これは小沢昭一《おざわしょういち》（俳優、大道芸《だいどうげい》の研究で知られた）から聞いた話であるが、肝心なのは「ご当地」というところで、ご当地といわれて、聴衆は胸をなでおろす。しかし、小沢昭一ほどの芸にならないと心をはずませるかどうかわからない。

## まんじゅう屋

露天のまんじゅう屋さんが店を開いていた。ほとんど白装束の仕事着だったが、いまなら頭の上に洋風コックの帽子をかぶるところである。まんじゅう屋は台の上に横長の火床を置き、その上に柄《え》のついたまんじゅうの型を五枚くらい並べる。たこやきなら六箇くらいできる仕掛けになっている。この型に溶いたうどん粉を入れ、パタンパタンと火床の上を順に型を送っていく。片面が焼けたら餡を入れた半割りの竹筒からそぎ落とすようにして餡を入れていく。またパタンパタンと型を送っていき、最後にはできあがった八個のまんじゅうを吐き出す。

見てもらいたいのは、まんじゅう屋のうし

ろの大バケツには卵の殻があふれんばかりに入っていたことである。これはみごとな飾りだったなといまはおもう。

なんと懐かしいことだろう。風呂に入ったときなど、わたしは弟と夢中になって、このまんじゅう焼き屋の一部始終を真似て遊んだ。これは図解したほうがよくわかる。

## 茶碗屋

瀬戸など、焼きものの本場へ行くと、失敗作や、数の揃《そろ》わなくなったものだけ集めて安売りをしているところがあるが、素人にはその瀬戸物のどこが不足なのかわからない。かれはねじりはちまきで、毛糸で編んだ胴巻きを着用し、その中へ、売り上げの小銭をじゃらじゃらと入れていた。皿でも茶碗でも辛抱して待っていると、つぎつぎとおまけをつけ、客を笑いものにしたり、「もってけ泥棒」となじってみたりする。一〇枚かぞえるのに、「ちゃわんやは、しょうじきな」と唱えた。

田舎へ帰ると瀬戸物屋はないため、お祭りに出たときなどに買って帰るのである。

## おどろいたのは血をきれいにする薬

目の前に、薬を並べ、実験してみせる。こちらのビーカーにはどす黒い血が入っている。この中へ水薬を一滴入れると、あらふしぎ、こんなに無色透明になる。血液の中に混じっている不純物を除くと、このとおりこんなにきれいな血になる。

これはリトマス試験紙の要領で、理科でならった。たしか赤を透明にするフェノールフタレインという試薬があったが、この試薬にちがいない。それを薬としてのんでも大丈夫なのかと心配になった。それにしても無色透明の血というものを、見たことがない。

このような商売が、全国の祭りに出てきていたというのは、ほんとうにおもしろい。

## 何でもすけて見えるめがね

これはレントゲンのようにすけて見えてもしかたがないのである。何もかも貫いて見えたとすると、空白の虚空《こくう》しかないことになる。一定のところでとまって画像をながめるようにできているなら、なっとくする。

これは他愛のないのぞきめがねだが、しゃがみこんだ子どもがもてあそんでいるのを、眼鏡屋は、荒々しくとりあげる。「オメエ、ドコヲノゾイテルンダ、バカヤロウ」と一言いっただけで、あわれ想像力のたくましいものが十銭ちかく出して買うのである。

## 気合術

はちまきにたすき掛け、袴《はかま》はももだちをとった気合術師が、弥栄《やさか》神社の境内に陣取っていた。棒があり、その中ほどに、漬け物石ほどの石がくくりつけてある。この棒を地面にうつぶせに置いたコップの糸底にあてがい、おもむろに重心をとって手をはなすと、石が宙に浮いた感じになる。とてもきわどいことだが理屈のうえでも、実際にも一応安定して見えているから、ふしぎにおもえるかざりものである。わたしはそれを、コップの糸底のところで安定を保ち、ゆっくりと手をはなすや、かれの気合術実演の間中、安定して動かないのが、あらふしぎとおもっていたが。

これはいわばかざりで、これから演じる気合術が、どのくらいふしぎなものかを誇示する、無言の看板でもある。数学者の友人は、この看板の重心を保っておくことはむずかしい、という。わたしはコップを伏せて使ったが、いきなり地面に立てるものもあって、これは先端を地面の中につきさしているのではないかとうたがう、というのである。

かれが売るのは、そのころの値段で一冊一円の気合術の本である。そんなことをやっていると、見物の輪のなかから「気合術なんかインチキだ」と、一声叫んで逃げようとしたものがあった。気合術師はやおら構えて「ややーっ」と奇声を発した。すると、男の手が自分の頭にくっついてとれなくなって、あわてた。「おいよせよ、そんなつもりでいったんじゃあないよ、まさか、とおもっただけなんだ。はなしてくれ、はなしてくれぇ、これじゃあ帰られない」と半分泣き声になった。気合術師は怒っていたが、また「いやーっ」と奇声を発した。くだんの男はぶつぶついい、はなされた手をたしかめながら、ろくにお礼もいわずに弥栄神社の境内を立ち去った。

奇声だけでふしぎな術がおこなえるなら、たいしたものだとおもっていたら、さきほどは午前の部で、午後の部もあった。上向きにとりつけたナイフを左右に置き、それぞれ紙でつくった輪をセットし、これに竹の棒をわたして、支えている紙の輪を切らずに、渡した竹の棒を両断してみせる、といいはじめた。そしてそれは成功した。ところが「インチキだ」という男がまた現れた。わたしは午後の部も見に行ったわけである。よく見ると、頭に手をくっつけられたあのひとと服装は違っていたが同じ人物だった。

## 泣き売《ばい》

むかし、昭和二十六年ごろの話である。ある夕暮れのこと、新宿の三越前にひとだかりがあった。何かとおもってのぞくと、段ボールの箱を抱えこむようにした若者がいて、そのそばの男が、「やい、おめえ何持ってんだ、えぇ?」と焦り気味に話しかけていた。若い男は一言も答えない。そばの男が「何か、盗んできたな」というと、若者は立ちあがって、集まっているひとの頭ごしに、遠くを見て警官を気にしているらしい。「やい、見せろ、俺が盗《と》ったりしねえよ」「あ、これは進駐軍の石鹸《せっけん》じゃあねえか」「盗んできたんだろう」「何?売って田舎に帰る?電車賃にしようてぇのか」「よし売れ、一個百円だと?よし俺には三本売れ、見てみろ、ほかのお客さんも百円握って待ってるぜ、一本百円だぞ、まちがいはねえな」。はい、はい、はい、あっという間に売り切れてしまった。

若者は一言もいわない、しゃべっているのはそばにいた男だけである。

わたしは二本買った、細長くてずしりと重かった。一本はそのころ玉川学園でお世話になっていた野田村さんというひとに献上した。それが変なものだとわかったのは、一年くらいたって、その石鹸を手にしたときである。それはすっかり縮んで卵くらいになっていた。もとは寒天だったような気がする。それが「泣き売」というものだったとあとで知ったのだが、三越の

前で芝居を見たのだとすれば、二百円くらいやすいものだともおもえた。

まむしの黒焼き

「がまの油」は見たことがないが、まむしの黒焼きならあった、陳列品としてはサルの頭ほか、いかがわしい乾物になったものばかりだが、まむしは「薬研《やげん》」といって、乾物を粉にする道具に入れ、その場で粉薬にして売るのである。「薬研」に入れたのがまむしの乾物という保障はない。

まむしの黒焼きは惚《ほ》れ薬だと、定評が

あった。

薬屋の目の前には、「この薬をのんで病気がなおった」という礼状の葉書が、たくさん並べられていた。

黒焼きではなくて、四国巡礼の衣装を着て、山笠頬かむりに似た手ぬぐいで顔をつつみ、錫杖《しゃくじょう》やご詠歌《えいか》の鉦《かね》などを置き、一面に広げた白布の上には、草根木皮の各種を並べて、語らず、聞かれればリュウマチにはこの何々草を煎じ一日に三回のみます、同じ草は山野に入れば見つかりますから、本日はこれを買い、あとは山に入ってお探しください、というものがあった。

みなり、ことばの調子に説得力があるからふしぎである。

## 早く計算する術

小さい黒板の前に、角帽の学生が立っていた。集まったひとのなかから、3とか5とか口々に数をいわせ、黒板にどんどん書いていく。少なくとも二〇字かける二〇行くらいの数字ができる。学生はこれを、一気に「ややややや」と気合いもろとも足し算し、みるみるうちにその答を黒板に書きつける。

その早いことはおどろくばかりで、検算すると答がちゃんと合っている。売るのは計算術の本で、あんなに早く計算できるなら学校でも不自由しないとおもうが、学校ではそういつも計算していないし、とおもって本を買うのはやめた。計算術のからくりは解ったような気がするが、違うとまずいので、書かない。

# ねこいらず

蔵の前の草むらの中で、チューブを拾った。蓋《ふた》をあけてみたら中から煙が出てきた。おどろいて父のもとへとんでいった。長く宿屋をやっていたが、父もあんなにおどろいたことはなかったそうだ。

泊まり客が（わたしの生家は宿屋だった）、パンの中にねずみとりの毒薬を入れ、一気に飲み下したらしい。そして薬の残りを、庭に投げ捨てたのだろう、あの薬がこれか、といった。

あの日、「胃が焼けつくように苦しい」といって下まで降りてきて、「水をください」といった男がある。母はその苦しそうなようすから、ただごとではないとおもい、松尾先生の病院に駆けつけ、家にとんできた先生は急いで胃の洗浄をはじめた。弁のついたポンプを動かしホースを通して胃の中へ直接水を送り込み、どんどん送り出されて、当人は金盥《かなだらい》に何杯もの洗浄水を吐き出した。

わたしには奇異なこととみえたが、自殺未遂とはどういうものかよくわからなかった。あとで、母やお手伝いさんから緊迫した経緯を詳しく聞いた。なんでも「失恋」のために、死のうとしたらしい。それもいいだろうがよその家でやられたらこまるではないか。

ともかく一命はとりとめた。死ななくてよかった。松尾先生もよろこんで、命を粗末にしてはいけないというようなお説教をして帰っていった。

その後一年くらいたっただろうか、お手伝いさんのいうことには「きのう、あのお客さんがやってきて、厚く厚くお礼をいって帰った」という。

終わりよければすべてよしというから、めでたいことではあった。

# 山車

山根川にそって、鍵のかかった小屋があった。小屋といっても大きい倉庫で、板壁の隙間から中に何が入っているのかわかった。なんとそれは山車《だし》で、お祭りの日がくると曳《ひ》き出され、化粧しなおし、きれいな山車として町をねり歩くのだった。何の祭りに使うのか覚えていないが、とにかく大勢のひとが曳いて歩いた。わたしはまだ学校にあがらないころのこと、ゆっくり行く山車の下をのぞいたら車軸に乗っかって、「ああラクちんラクちん」とやっている子がいた。わたしもやってみたくて、山車の下にもぐりこみ、車軸にもたれるようにして乗っていたが、つかまり方がおさなくて落ちた。ふと見ると山車の後輪が近づいてくるではないか。わたしはからだをねじって、後輪のすぎるのを待った。「やあ、山車の下から子どもが出てきたぞ」とおどろいたひともあっただろうが、わたしは土埃《つちぼこり》をはたいて立ち上がった。

水車で水を上げるのですバケツで汲み上げるより楽です
水は酒よりも大切です
水はお米の命です
人間も水がないと生きてはいられません

いいたかったのはこのことである。いまおもうとぞっとして、あのとき死んでいたかもしれない、などとおもう。蔵から隣の屋根にのぼったときも死んだかもしれない。自転車で弘中君の家のそばの土壁に激突したときなどはどこも怪我をしなかったのはふしぎなくらいだし、病院橋のたもとの水泳場ではあやうく堤防の石の上に腰から落ちるところだった。目をつむって飛んだのだから、知らなかったが、いっしょに泳いでいた大谷屋のマーちゃんが「もっと遠くへ飛べ」といった。

これらは子どものときの話だが、大人になってからのことまで数えれば、あのとき死んだとおもえることがまだある。よくまあいままで生きていたことだとおもう。

学校帰りの中学生たちが、文房具屋でもなく、スーパーでもなく、小さな食料品店の前にたかってパンなどを食べている風景を見ることがあるが、これはいくらかの小遣いから腹の足しになるものを買っているのではあるまいか。わたしも覚えがある。食べものがなくなりかけていたころ、わたしはよくみんなで立ち寄っていた文房具屋さんで、空豆《そらまめ》のお汁粉をいただいたことがある。もちろん無料だった。あのおばさんにお礼がいいたいが、いまはこの世にいないだろう。空豆のお汁粉があんなにおいしいものとは知らなかった。その後、たべたことがないから、あれがはじめのおわりだった。

いまはなくなったらしいが駄菓子屋というものがあった。大きい店舗を構えた老舗《しにせ》よりも、自分の小遣いの範囲に価値観をみつけ、買ってもらうのではなく、自分で買うところに値打ちがある。蛸《たこ》の足だとか、麩菓子《ふがし》とか、ねじり棒、肉桂《にっけい》、飴の類。わたしの子どものころは、福袋、くじ引きのするめ、餡《あん》こ玉《だま》などがあり、お宮の空き地（神戸市の和田《わだ》神社のこと）には露天の店も常駐して、葛餅《くずもち》、飴湯《あめゆ》、葛湯《くずゆ》などを売っていた。それらはほとんど当て物で、射幸心《しゃこうしん》があるのは、あまりよくないとおもうけれど、子どもの興味はほとんど射幸心でできているようなものだった。わたしたちはそれらを「あてもん」といっていた。

葛餅屋には、時計の針のようにくるくる回るものがあった。それを回して、とまったところの円形グラフふうな図形の指示するところによってアタリ・ハズレが決まる。アタリは三パーセント。はずれは八五パーセントくらいの図形だった。

# ビーダマとあやとり

写真展でアフリカの子が真剣にビーダマ遊びをやっているのを見たことがある。かれらの遊びのルールはどうか知らないが、写真の中の子どもの目つきから想像すると、膝をのりだした自分のタマを、遠くの相手のビーダマに当てると勝ち、たぶん相手のタマが自分のものになるというきまりだろう。世界中の子どもはみんな似たようなものだ。

おどろいた写真は、オーストラリアの先住民アボリジニの子が、あやとりではしごをつくってカメラに見せている場面である。わたしの子どものころも同じだった。「一人あやとり」で最高の作品ははしごだった。人類のなかでだれが最初に創案したか知りたいが、いまとなってはわからない。

# メンコ

このごろメンコを見ないが、テレビゲームにおされてしまったか？

メンコとは、円形のボール紙に武者絵を印刷したもので、相手のメンコのそばに自分のメンコをたたきつけて相手のそれがひっくりかえると、そのメンコは自分のものになる、というまことにたあいのないものだが、簡単だからかえっておもしろいという意味もある。

わたしの息子が隣の子と夢中になってその戦いをやっていたが、ときどき「プイ」という。どうもこの二人の間にできたルールらしく、自分のメンコが机の下に滑り込んで攻められないようになったとき、「プイ」と宣言する。相手に「この位置でやれるものならやってみろ」という意味らしい。すると相手は「ガッチャンプイ」とすかさず奇声を放つ。すると、「プイ」の神通力は消えて、打ちやすいところに出して打たれるのを覚悟しなければならない。この二人だけの、呪《まじな》いのような奇声は家中に響いてあきることを知らなかった。

あるものはメンコに蠟《ろう》をたらして重くし、あるものは、自分が無敵と信じているメンコを大切にし、いざというときに、そのとっておきのメンコを出して戦った。

地方にもよるらしいが、メンコの定義として、メンコが傷んできて半分になるほどこわれてもメンコなのか、というとき、（たぶん上級生が決めたのだろうが）武者絵の中の目があれば通用するということになっていた。しかし武者絵の時代がすぎ、飛行機や戦車が描かれるようになって、この定義は立ち消えになった。

はじめてお兄さんたちと遊ぶ幼児は、きれいな武者絵のメンコを持ってきた。その子の母親からみると、小さいんだから負けてみんなとられたらかわいそうだ、と考えて、一枚一枚のメンコにその子の名前を書いて持たせる親もいた。「まだ小さいんだから、ホンキじゃないことにしていっしょに遊んでやってね」といった。お母さんの気持ちがわからないでもないが、お兄さんたちは、名前の書いてあるメンコなんか相手にしなかった。子どもの世界はきびしいのである。

# 女の子

ビーダマやメンコが男の子の遊びなのにくらべて、女の子は、ままごとや、お人形ごっこに夢中だった。一枚のゴザを広げただけで、目には見えないため、その子たちでなくてはわからない家ができあがった。「ここは壁だからね、ここが玄関だから」と宣言しただけで、そこには壁ができ玄関も決まった。そこはおどろくべき演劇空間だった。寝かせてあるお人形が熱でも出そうものなら、子どものお母さんはとても心配し、すぐにお医者さんに往診してもらった。「あ、熱がありますね」「そうでしょう、朝から何にもたべないで寝てばかりいるのです」「風邪をひいたのです。お母さんの責任ですよ。お薬を出しますから、ちゃんと食後にのませてください」。

彼女たちは、真剣である。せっかく別の世界に入りこんで演じているのに、そこが壁と知らぬ大人が通ったりするとぶちこわしになる。大人はだまって見て見ぬふりをしているほうがい

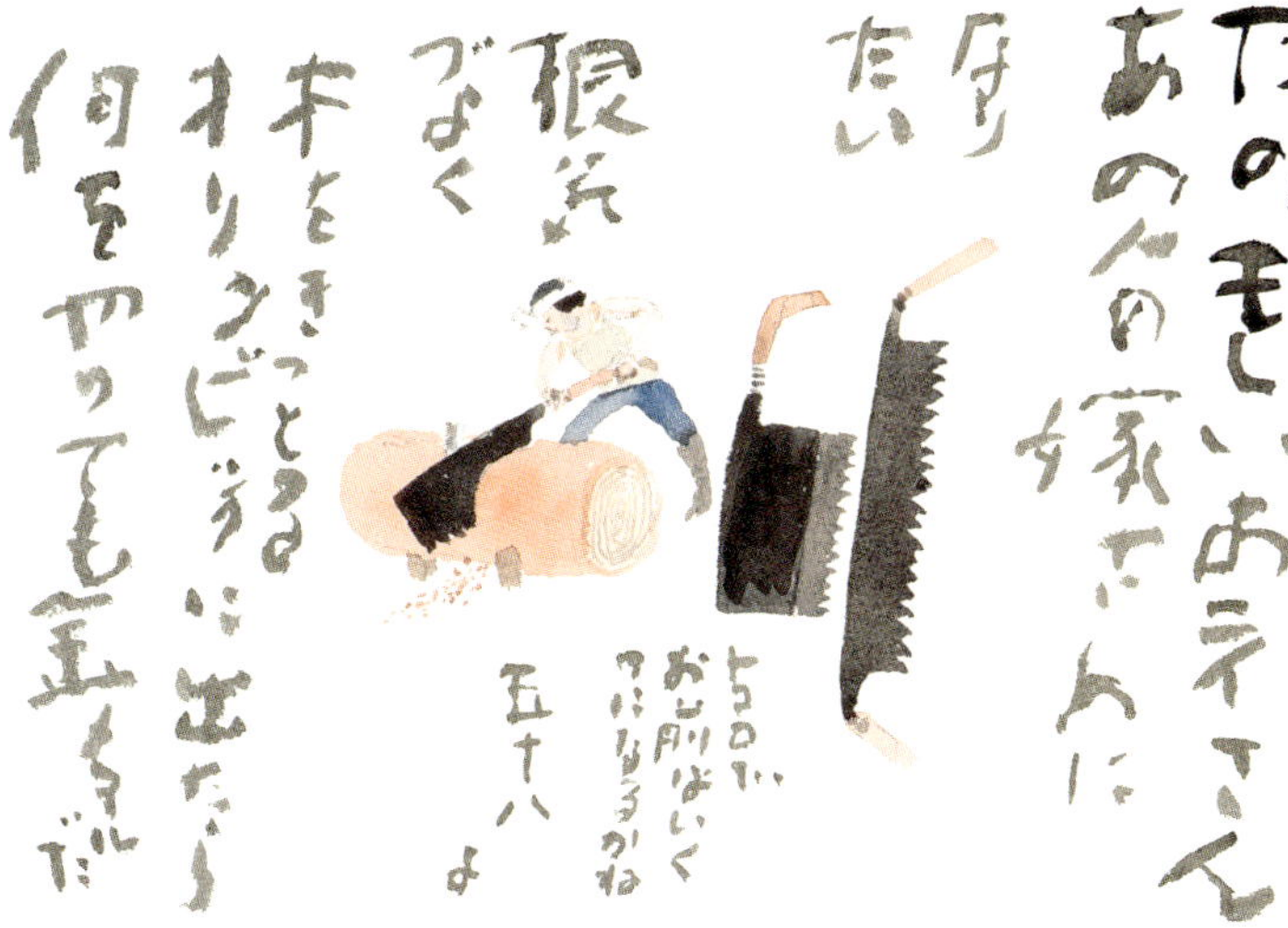
たのもしいおテイさん
あの人の嫁さんに
なりたい
根気づよく
木をきっとる
オリンピックに出たら
何をやっても金とれるんだ
五十八よ

い。劇場の芝居よりも数倍おもしろい。でもいまは、こんなままごとや、お人形ごっこを見たことがない。テレビゲームのほうがおもしろくなったのだろうか。

スペインのことだが、スペインの子どもたちもおままごとをするらしい。お姉さんが、これは演技ではなくまだおむつをあてている弟のおしりをぽんぽんとぶった。何かじゃまをしたらしい。見ていると、その弟はよちよち歩きで炊事場の気分に設営されているところへ近づき、その設営のすべてをザーッときれいにもとどおりにしたのである。あとから怒られただろうが、わたしは反逆するスペイン人魂に感嘆したことを書いておきたかった。

ハンカチ取り（手を広げ親指を離して持っているハンカチを鬼はさっと取る。ハンカチを取られるか、ハンカチにさわらないのに手をにぎったら負けて鬼となる。鬼のほかは一列になって、鬼のくるのを待つ）、三角ベース（手ベースともいい、転んでくるボールを手で打ち、相手がそれをひろってくる間に、二つのベースを回って本塁に帰る）、じてんしゃのり、みずでっぽう、かくれんぼ、げたかくし（履《は》いているげたの片方をかくされ、それをさがして遊ぶ。かくれんぼの応用）、かんけり、じんとり、縄跳び、古い新しい（二つの陣営にわかれ、その陣営から出てきた相手にタッチするが、陣営を出てきた時点の新しいものが強い。だから敵の陣営近くでつかまえそこなうと、相手がじぶんの陣営にタッチし、俄然《がぜん》強くなって追いかけてくる。つかまったものは捕虜《ほりょ》となる）、ごむだん（走り高跳びに似ているが、これは足のつま先がゴム紐にかかるだけでいい。ゴムを持つものはしだいに高さを加減しながら上げていく。女の子がよくやった）、水雷艦長（水雷は艦長に勝ち、艦長は水兵に勝ち、水兵は水雷に勝つ、という、じゃんけんに似た三つどもえの関係で、相手をつかまえては捕虜にする。捕虜はたがいに手をつないでのばし、味方が助けにくるのを待つ。味方が捕虜の一人にタッチすれば、捕虜は釈放される）。

まあなんとたくさんのことをして遊んだのだろう。

夏の水泳は川だった、河原の石を並べて陣地を築き、そこを脱衣場にしたが、なんと女子の着替えかたの早いことだろう。帰りは濡れているはずの水着なのに、なんともたくみにバスタオルを操って着替えるのである。わたしはあまり見たことがないから、くわしいことは知らない。

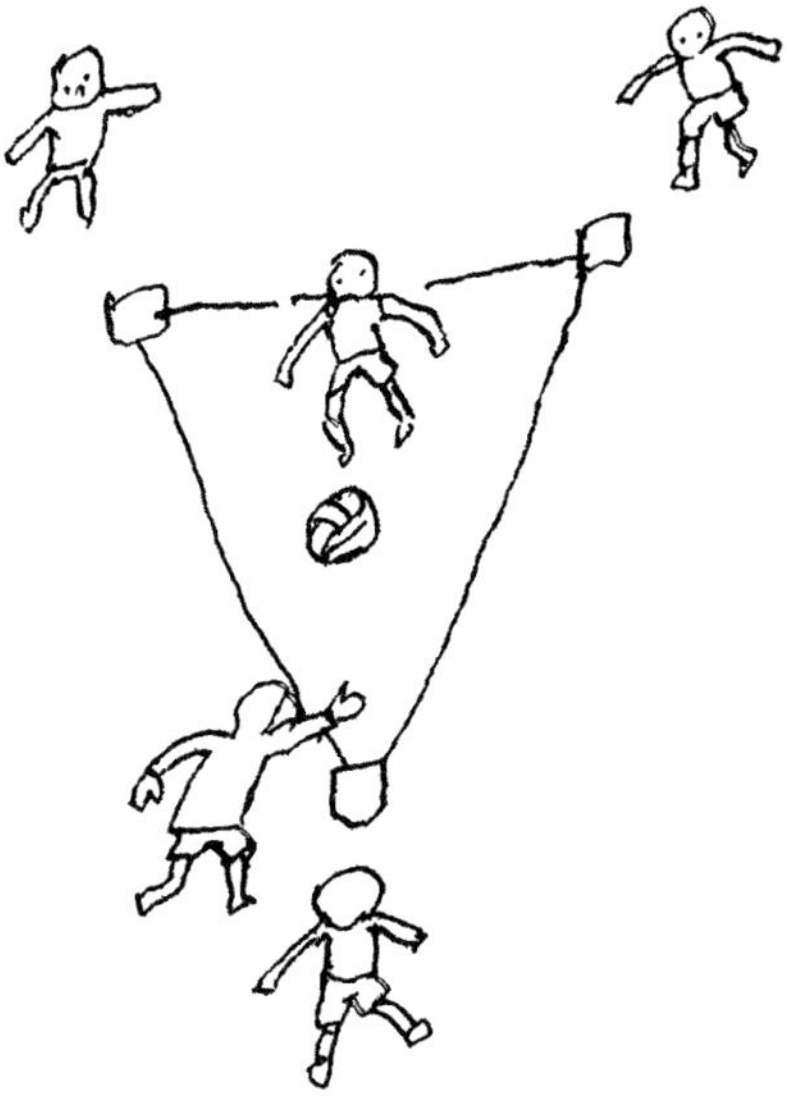

# 百人一首

津和野では百人一首が盛んだった。田舎では「ひゃくにんし」といったが、丸谷才一《まるやさいいち》の『新々百人一首』によると、「ひゃくにんし」と読むのが正しいとあった。

正月になると、わたしたち子どもたちは、大きい部屋のある家に集まってカルタとりをした。人数が多いほうがおもしろいので、遊ぶひとをよびに行ったりした。わたしたちにとって、友だちのいるささやという呉服屋が遊びの場所になった。

「このごろ近くに越してきた子はかわいい、仲間に入れるとよろこぶだろう」などと勝手に決めて使いが走った。「こんや百人一首をするけえ、遊びにきてくれんさい」。ささやという信用のある看板がものをいった。

歌を読むときの節は、NHKで聞くのとは違うが、いまでも津和野の曲がいいとおもっている。

小学四年生のころから五年生にかけて、総計五〇回もやっただろうか、それでもいくつかの十八番ができ、歌の意味などはまったくわからないのに、いつのまにか覚えてしまった。小学四年生くらいで、みんな諳《そら》んじている、という子が何人もいた。いまでも覚えているが、それは自然の記憶力で、試験勉強のように無理に覚えようとすると、覚えられない。

たとえば、

なつのよはまだよいながらあけぬるをくものいずこにつきやどるらむ

というところを、「雲の何処に月やどんちゃん」と読まれても、カルタとりはできた。

おおえやまいくののみちのとおければまだふみもみずあまのはしだて

「まだ踏みもみずばばあのきんたま」などと、わざと読み違える読み手の滑稽さがおもしろかった。

わたしの十八番は、「あまつかぜくものかよいじ」と、「おおけなくうきよのたみにおおうかな」と、「おおえやまいくののみち」と、「ちぎりきなかたみにそでを」との四首だった。

「契りきな」は、いまになってわかる。あの松山の上を波が越すようなことがあっても、心が変わることはないと、あれほど堅く誓《ちか》ったではありませんか、と詰め寄るのである。まさかとおもう東北大震災のおり、高田《たかた》の松原を津波がおそった。そして一本だけ残ったが、それもやがて伐《き》られた。

大人になって「ちはやふるかみよもきかず」を落語で聞いた。千早《ちはや》という遊女からふられ、神代《かみよ》という遊女からも相手にされなかった龍田川《たつたがわ》というお相撲さんが、都落ちして田舎に豆腐屋を開くといういきさつで、とてもおもしろいものだった。

これに勢いをえて、わたしがつくったものを一つだけかかげる。「わすれじの」の「じ」は痔のことなのだ、とわかれば、あとは難なく解ける。「ゆく末までは堅ければ今日をかぎりのいのちともがな」というもので、これ以上の解説はいるまい。故文化庁長官・河合隼雄《かわいはやお》に聞かせたら、腹を抱えて笑い納得した。ほかにもいろいろあるが割愛する。

# ささやの子たち

ヒロちゃん、ノーちゃん、スミちゃんの三人がおもなカルタとりの相手だった。ヒロちゃんのうえにお兄さんがもう一人いてその奥さんが静恵さんといい、戦後はこの家を取り仕切っていたが、おしいことになくなった。スミちゃんは一歳年下の女の子だったからあまり遊んだことはない。ノーちゃんが一つ上、ヒロちゃんが二つか三つ上で、この二人がいい遊び相手だった。

ヒロちゃんは京城《けいじょう》の薬学専門学校へいった。手紙をくれたので返事に表と同じ図柄を書いて出した。そのころの葉書には切手にあたるところに楠正成《くすのきまさしげ》の銅像の図と、官製はがき、一銭五厘という字があるだけだった。この図をさけて京城市黄金町なんとかと宛名を書くが、この場合、表と裏を同じにしたという意味である。つまり葉書の文章はない。

ヒロちゃんは、ギターをとりよせ、油絵の道具もとりよせて使わせてくれた。ギターはどうにもならなかったが、あの色がわたしのはじめて使った油彩絵具となった。

それから、登山道具一式もとりよせていた。買った以上、登山をしなければ意味がないので、蕪坂峠《かぶさかとうげ》まで行っていっしょに飯《はん》ごう炊《すい》さんをやった。隧道《ずいどう》はできていたかどうか忘れたが（トンネルを趣味にしているひとがあるとみえて、この蕪坂のトンネルをネットの写真で見ることができた）、ともかく空き地を見つけて火をおこした。ご飯はたけた。おかずは鮭だけ、お茶はぺちゃんこの湯沸かし器（薬缶《やかん》）で、生意気に紅茶をつくってのんだ。しかしヒロちゃんが砂糖を忘れたので、ミルクキャラメルを一個入れたが、砂糖の代わりにはならなかった。山火事にならぬように注意し、さいごには小便をかけた。登山といっても、山でご飯をつくったのがおもしろかっただけで、「なんといいみはらしなんだ」など、登山人のいうような感慨はなかった。

わたしの手づくりの新聞を読んでくれた一人はこのヒロちゃんである。そして「緑の白船」という連載小説の題名はどういうことなのか、と聞いてきた。なぜその意味がわからないのかとふしぎだったが、かれがいうのは、緑であり、そうして白い船というのはどういうことなのかと聞いていることがわかり、このときわたしは飛びあがっておどろいた。一大探偵小説の命運は二号目で完結し、新聞もまた二号でおわった。格好のいい題名とだけおもっていたものに「緑

大きいつづらと
小さいつづらと
どちらにしますか
大きい
方が
いいに
きまっ
とろいが
つづらからはろくろ
首がでてきました
わるいのはいつもばあさん
おじいさんはいじわるじいさんにきまり

団という怪盗の一味があやつる白い船」という意味だなどと、理屈をつけて言い逃れをするのは恥ずかしい。わたしのどもりがちな返事などにだれが納得するだろう。

話は変わるが、蕪坂には全長二〇〇メートルくらいの隧道が掘られた。隣の畑迫《はたがさこ》へ行くのに山越えを少しでも楽な近道にしようと企てられたものらしいが、自動車の時代がきて、平坦な道を迂回するほうが楽になった。いまやひとの行き来もまれになり、よほどのものずきでないと通らない。こつとしては一本の杖を壁にあてがってコトンコトンと、音を立てて壁をなでながら行くといいという。

その後一度だけ、そのトンネルを通ったこ

とがある。天井も側壁も掘りっぱしの仕事で、飛び出している岩にぶっつかったら痛いだろな、と思えた。最初はもっとなめらかにしてあったような気がするが、何十年もたって、岩に変化があったかもしれない。しかしそう変化があるようではあぶなくてしかたがない。あのとき通っただけだが、天井に手がとどくほどの岩穴で、いまは通るのがこわい。

この峠からくだると右手が谷川となる。小さい橋が架かっていてそれをわたると、千人塚とよぶ、うすぐらいところへ出た。そこにはキリスト教弾圧のおりの塚があった。碑といったほうがいいかもしれないが、洗礼名をもった何人ものひとの名がきざまれている。わずか二歳の子の洗礼名もあった。あぶないから千人塚に近づいてはいけないといわれていた。

ざっと一五〇年前のこと、長崎浦上《うらかみ》のキリストを信じるもの一五三名が津和野藩に送られ、いまはない光琳寺《こうりんじ》に収容された。いまでは乙女峠とよばれている。はげしい拷問《ごうもん》の結果、三六人の殉教者を出した。それらは千人塚に納められた。帰化して岡崎と名乗る神父さんが主導して、いまでは乙女峠にマリア聖堂が建てられ、なくなったひとの冥福を祈っている。

この峠には、殉教者をいたんで聖母マリアが出現したといわれ、熱心な信者にささえられて毎年五月三日には殉教者をしのぶ「乙女峠まつり」が開かれている。わたしは宗教を信じないが、このような拷問という行為は支持できない。

# 大雪

二〇一四年二月十五日のこと、東京は記録的な大雪に見舞われ、二十二日もまた降った。飛行機は飛ばず、鉄道は各地でとまりあるいは延着し、あちこちで事故が起こって、死人まで出た。『北越雪譜《ほくえつせっぷ》』（鈴木牧之《すずきぼくし》著）のことをおもうと、なんだそんな雪でさわぐのか、ということになる。越後などの雪国はもっと大変で二階から出入りするということだ。

むかしは渋滞ということばはなかった。交通事故ということばもたぶんなかった。いまはどうか。ドアの前に立つと自動的にドアが開く。日本にはドアの習慣がなかったから、そんなことまで電気仕掛けにしなければならないかとおもった。世の中は変わった。わたしが生きている間だけでも変わったのだ。

司馬遼太郎さんは、『アメリカ素描』（新潮社）の中で、文化と文明を対比させて説明している。

手短にいうと、文明は共通語で、文化は方言にあたる。文明は（開いていて）だれでも参加できるが、文化は（閉じていて）むしろ、参加を拒否する傾向がある。田舎の暮らしと、都会の暮らしとにわけてみてもいい。都会では（たとえばマンションの）隣のひとがどんなひとかわからない場合が多いのにくらべて、田舎は隣近所だけでなく村そのものが手のひらの中のようにわかっている。

田舎では孤独死ということはまずない。そのかわり結婚式などは大変なおつきあいである。たまたま四国の運転手さんから聞いたところでは、祭りの寄付をとりにこられると、一週間の働きがなくなってしまうから、その季節になると、シャッターをおろして温泉に行くという。そのほうがまだ、安上がりだというのである。かいつまんでいうと、冠婚葬祭については田舎と都会の差がはっきりしすぎている。このような都会の世相を、無縁社会というようになった。逆に有縁社会もまた、いまや煩《わずら》わしくなってきている。

井上ひさしの『吉里吉里人《きりきりじん》』では、山形弁を矯正《きょうせい》し、共通語にしないと、学校で×をもらうことになる。奄美大島でもそうだったという。そんな共通語はわれわれには話せないから、いっそ独立しようと、立ち上がる話である。

そういう山形県は井上ひさしのほか、丸谷才一、藤沢周平《ふじさわしゅうへい》、斎藤茂吉、中村明《なかむらあきら》（『日本語の美』、

着物をほぐして
洗い張りをすると
まだあだらしくなります
これはヒイヒイおばあちゃんのきもの

明治書院）など、日本語の専門家が出ているからたいしたものである。無着成恭《むちゃくせいきょう》は山形県だが、山形弁に誇りをもって、方言のイントネーションのままですごした。

共通語はむつかしかった。「山形県知事」の「山形県つづ」と「山形県地図」の「山形県つづ」の発音の区別は非常にむつかしく、地図のあるところで「山形県つづ」といえば地図のことをいっているのだな、とおもうくらいだという。ところが、テレビが普及したせいだとおもうが、いま酒田あたりであのうつくしい庄内弁《しょうないべん》を聞くことはむつかしい。「それは、あなたが他所《よそ》からきたひとだからで、土地のひと同士だったら庄内弁で話していますよ」というがほんとうだろうか。佐高信《さたかまこと》は酒田のひとだから聞いてみたい。

話は戻るが吉里吉里国をつくりたいほどことばにこまっていたのに、テレビが普及して、あっというまに共通語が定着した。いまでは各地の方言を守ろうという運動が起きるほどになった。

これは、一口にいって、文化から文明へ移っていった経過の一コマだといえよう。

むかしは、わたしの子どものころの交通手段から考えても、行動範囲はかぎられていた。方言で充分間に合っていた。食べものも物流の関係からかぎられていて、たとえばレモンなどは貴重品だった。ニシン、タラ、ホッケなどという魚は見たこともなかった。江戸前の寿司が関西でたべられるようになったのは比較的新しく、東京オリンピックのころからではないかとおもう。納豆をおみやげにしたら、姉から、「あんな腐った豆をくばったりして恥ずかしい」といわれたことをおもいだす。

文化から、文明へ、それは時とともに加速度的に移り変わっている。

# 井上ひさしの金言

井上ひさしの里の川西町《かわにし》に彼の本をもとにした遅筆堂《ちひつどう》文庫がある。先日ここへ行ってきた。なんとまあ、たくさんの本があることだろう。わたしはガンといわれて、本を売ってしまった。少しも惜しいとおもわなかった。

井上ひさしは、わたしよりあとにガンが見つかったのに、ふだんは遅いのに、このときばかりは急いで逝《い》ってしまった。

かれの生まれた家、通った学校、遊んだ場所などを見て、ふしぎな感動があった。

かれの残した金言、

「難しいことを易しく、易しいことを深く、深いことを面白く」

は、わたしも、このように書くべきだとおもってまもろうとしている。

川西町は浜田《はまだ》廣介《ひろすけ》の生地高畠《たかはた》町に隣接しているせいか、遅筆堂からあまり遠くないところに浜田広介記念館がある。この作家のものは子どものころ割に読んだが、記念館に気がついたのがおそくて行ってはいない。しかし名作『泣いた赤鬼』にはいまも問題があるとおもうので、このことについて書いておきたい。

村人と仲よくしたい赤鬼は、たしか青鬼の申し出で「村でひとあばれするから、赤鬼の君が僕をとりおさえろ、すると村人が君をみなおしてくれるだろう」と、まあいわばトリックをこしらえて一芝居する、この申し出がどちらの発案だったかどうか忘れたが、ともかくこのトリックは成功して赤鬼は村人に認知される。

そして、赤鬼が青鬼の家に行くと手紙が残してあって、「村人たちと仲よく暮らしたまえ、僕は旅に出る、ながい旅になるかもしれません」などとある。これはあるひとのためにじぶんを犠牲にした美談としてうけいれられ、道徳の副読本などにのった。

しかしトリックは敵をあざむくとき以外は、いいことではない。不良高校生が友だちに、じぶんの好きな子にちょっかいを出させ、そこに現れて女の子を救うというトリックは、ときに見られる問題で、『泣いた赤鬼』と構造はおなじである。

日本人はとかく美談に弱く、すぐに涙とともに感動しやすいから注意したほうがいい。

# 文明の利器

新しく身のまわりのものが、変わっていくにつけ、ふるいものにくっついている思い出というものもある。ここには、そうした消えていきそうなものを書きとどめておきたい。

ひのし

わたしが小学生のころの国語教科書の一年生の本に「モノサシガアリマス、ハサミガアリマス、ヒノシガアリマス」という項目があり、それぞれ絵が載っていた。字が完全に読めない子は、その絵を見て、「モノサシガアリマス、ハサミガアリマス、ヒシャクガアリマス」と読んだ。ヒノシというのは柄杓《ひしゃく》のような形はしているが、アイロンのことで、柄杓のようなものの中に炭火を入れて熱くし、布の皺《しわ》をのばす。いまでは電気アイロンになり、さらに蒸気が出てくるものまでできている。

ストーブ

むかしはだるまストーブといって、何でも燃やせるストーブがあった。暖炉は夢で、薪《まき》を燃すのだが、この薪が手に入りにくくなった。薪は木があればいいというものではない。山で木を伐《き》りこれを持ち出して、割るなどして燃すまでの過程に手がかかる。

また、石炭ストーブがあって、わたしの学校でも、家でも石炭を使っていた。ところがこれは燃えかすが出る。ところがよくしたもので、そのころは道が舗装されていなくて凸凹道だった。そこを自動車が走るので凸凹はますます大きくなる。その凹の部分を埋めるようにして捨てた。違法だったかもしれない。

いまではガス暖房、電熱暖房などがふつうになった。しかし、昭和初期では暖房設備のある家は少なかった。火鉢とか、炬燵《こたつ》、猫ごたつなどで工夫していた。囲炉裏《いろり》は夏冬兼用の暖房だったとおもうが、すきま風には勝てなくて、わたしの家では枕元に屏風を立てて寝た。

水道はありません
バケツに水をくんで
流しのそばの
かめに
うつして
使います
お母さんはアカぎれ
ができます
痛そう

冷蔵庫

冷房装置というものが家庭にきたのは約五〇年くらい前である。それまでは薄着になって暑さをしのぐほかなかった。冷蔵庫は氷を入れて使うものだった。冬に薪炭《しんたん》を扱っていた店が夏になると氷を商《あきな》った。アイスキャンデーも氷と塩で固めるものだから、固まり方が柔らかくて、うっかりすると棒から離れて落ちる。そのころ電気冷蔵で固めるしっかりしたものもできていたが、家庭の冷房まではおよばなかった。西瓜《すいか》は井戸におろして冷やした。

ふつうの家庭では小さい冷蔵庫があり、上下に分かれていて、上に小さい氷室がある。一日で氷がとけるので、毎日氷を持ってきてもらうことになる。そのころ近所に串田孫一《くしだまごいち》（哲学者）さんがおられた。あとで聞いたことだが氷を運ぶひとにはそれなりの道順があって、わたしの家のつぎに串田さんの家に氷を運んだらしい。

## 洗濯機

むかしは洗濯桶、洗濯板を持って行き、ゆすぎは川、というのがふつうだった。『旅の絵本』というわたしの絵本の中に、川で洗濯するところを描いたところ、フランスの女性編集者が「あの本は非常によくできているけど、フランスでは川で洗濯することはない、むかしでも洗濯場であらうのがふつうだった」といった。なるほど、どんな村にも洗濯場（の跡地）があって、腰の痛みのためにも、村の噂《うわさ》話のためにも、役立ったとおもう。さびれてついになくなったのは家庭に洗濯機がきたからである。しかし桃太郎のように川で洗濯することはないといわれたら、そうかもしれない、と自信をうしなった。あのとき、ゴッホの絵の「アルルの跳ね橋」をすぐにおもいださなかったのは千慮《せんりょ》の一失《いっしつ》だった。ゆすぎのことを考えたら、電気洗濯機などもかなわないほど川の流水が優れている。

はじめチョロチョロ
中パッパ赤子泣いても
ふたとるな！と
昔から
釜の御飯
のひけつ
です
火吹き竹で吹くとよく燃えます
お前なんか煙が目に
しみたんじゃろう
赤子でもないのに泣くな

電気釜

ご飯をたくのは竈《かまど》だった。飯《はん》ごう炊《すい》さんというのもあったが、軍隊ほど一度に米をたいても、電気釜ではなかった。竈に羽釜《はがま》をかけ、薪で燃すのだが、その沸騰《ふっとう》のようすをうかがうためにほとんどつききりになる。

その点、電気釜は任せておくだけで、ひとりでにできあがる。難をいえば後始末の掃除が大変なことである。

万年筆

新宿のある文房具屋で「ペン軸はありませんか」といったら、怪訝《けげん》な顔をされた。ペン先もペン軸もわからないらしい（余談だが、わたしの孫は、といってももう大学は卒業しているが、「知床旅情」を知らない。加藤登紀子《かとうときこ》も森繁久弥《もりしげひさや》も知らなかった。そんなに年月は早くすぎたのかとおもった。澤地さんの本の装丁に木綿のおむつを描いたつもりだったが、いまのひとたちには、おむつだとわからなかった。ペン軸は、のちに、銀座の伊東屋《いとうや》で、毎日新聞のひとが買ってきてくれた)。このごろ、万年筆が見直されているらしいが、筆記用具はボールペン、サインペン、筆ペンなどにおされて影をひそめた。ボールペンの書き味に慣れなくてこまったが、複写するときなどにはこのほうがいい。

いまは、ワープロという便利なものができた。

写真

昭和初期には写真館で写真を撮った。大きなガラスのネガに鉛筆で巧みに修正を加えるから、目元の涼しい写真ができた。まだカラー写真はなかったが、わたしが外国で撮ってきたころはカラーフィルムが多かった。現像も焼き付けもむつかしかったが、デジタルカメラができ、写真の世界は一夜にして変貌した。

また、刻みタバコをつくらなくなり、それをキセルに詰めて吸うということがなくなったから、全国のラオ替え（キセルの竹筒の部分を新しく取り替える仕事）は一夜にしてなくなった。これらの時期は偶然だがほとんど同じだった。

ジーパン

昭和初期の女性は着物が多く、割烹着《かっぽうぎ》とよぶ白い上っ張りと考えたほうがいいものがファッションで、その下には普段着、申し合わせたようなもんぺ姿だった。ユニホームの感じさえした。この上から大日本国防婦人会と書いたたすきを渡せばもう、戦時中の活動的な服装となった。結婚式ももんぺだったが、その日のもんぺは悲しいまでに美しい、花嫁の母の着物をくずしてつくったもんぺらしかった。これらを着た時代については、『小さいおうち』（中島京子、文藝春秋。直木賞受賞作）に詳しい。

むかし、ズボンは縦の折り目がなくては格好が悪いとおもわれ、寝押しといって、毎晩敷き布団の下に敷いて寝た。フリルの多い女生徒のスカートは、毎日しつけ糸で縫って布団の下に敷いた。

それよりはるかむかし、アラスカで金鉱が発見され、世界中から男が集まってきた。労働服としてはジーパンが一番丈夫だし、第一、折り目なんか問題にならなかった。破れていてもいい、新品よりも中古のほうがいいということになり、ジーパンのなかでもメーカー品が出てくるなどした。

ジーパンが市民権をえたため、改まった会議にもそれを着ていくひとがあったが、ジーパンを着ていると、入れてくれないレストランが出現した。しかしビートルズがジーパンで舞台にあがるなどしてにわかにジーパンが万人のものになった。デパートなどで、ファッション業界をリードし「今年の流行色」などと先取りした感じ（流行色なんて結果論のはずなのに）の宣伝をして、売れ行きの予想ができていたものが、顧客の多数を占める若者の感覚がつかめなくなって、何をつくっていいかわからなくなった。これは時代のほうが賢明だったとおもわれる。自分の考えで服装をえらべばいい。流行や宣伝にふりまわされるほうがおかしいのである。

## 自動車

わたしの町はもうだめだ、シャッター街になって、みんな店を閉めてしまった、といってなげくひとが多い。これはひとのながれが変わったためである。むかしながらに近所のひとだけ

アオも少し働いたら帰ろうな
帰ったら秣をたべような
わしの秣は大根めしらしい
そうだ食べたら川へ行って汗を流してやるからな
わしも風呂に入ろう
一日の汗を洗おうか

で間に合っている小さな通りなどはまだよかったが、家具とか、電気製品など大型のものは、専門店が郊外にできて、デパートからも姿を消した。車に乗るひとが多くなって、駐車場がなくては商売にならなくなった。こんな車の時代がこようとはだれもおもわなかった、かりにきたとしても、それでお買い物に行くようなときがこようとはおもわなかった。シャッター街はただの老化現象だけではない。車の時代がくることを予測できなかったからでもある。その点からいうと、多摩川高島屋は、たいした先見《せんけん》の明《めい》があった。都内のデパートに行くより郊外のほうがいい。

高速道路に点在するドライブインはおおは

やりである。外国にはドライブインに文字通りのホテルがついているものがあって、食事は付属のレストランがあり二四時間営業できわめてべんりになった。

コンピューター

何もかもコンピューターに頼る時代となった。これは第二次の産業革命だなとおもう。スーパーマーケットという大量生産の店が生まれた。携帯電話ができて、それで写真が撮れるまでになった。自動車にはナビゲーターがついて行き先を案内してくれる。

携帯電話で待ち合わせの場所を連絡しようと、こまかい打ち合わせはしないで出るひとが多くなったが、しかし携帯電話をどこかに忘れたりすると、もうだめである。アイルランドでナビゲーターつきの車で安心して走っていたら、突然ナビゲーターが「衛星を見失いました」といいはじめ、ホテルに帰れなくなって、あわてたことがある。それはアイスランドの火山が噴火したためだった。また、東北大震災のときなどは携帯電話が通じなかった。これは、故障ではなかった。しかし近ごろの製品は丈夫で長持ちというむかしの考え方と違って、耐用年数のことが考えられている。物理的な耐用年数ではなく、デザインのうえで買い換えたい気持ちを刺激するような改変である場合が少なくない。

それはさておき、テレビや、携帯電話、コンピューターは、昭和初期には（この世に）なかったものである。なかったものの普及は（たとえば津和野には二台くらいしかなかった自動車がいまでは一家に一台の割合で増えた）世の中を激変させた。それらは日本中に広がり、テレビやインターネットの普及もしだいに速度をはやめ、選挙のありかたまで変えた。テレビのコマーシャルはよくも悪くも日本人の文明に影響した。

そのようなたくさんの文明を今日にもたらしたエネルギーは一口にいって電力であり、その電力エネルギーの元として、原子力発電に頼ろうとしている。ところが、きれいな原子力という神話には問題があることがわかってきて、世界的に悩みの種となった。これもむかしはなかったことであった。

文明の極限は、飛行機という鉄の巨大な塊を空高く押し上げ、鳥よりも高く、鳥よりも速く、飛ばせた。飛行機は、いわば文明の最先端にあるものといってもいい。しかし記憶すべきは、「人間が作った物は、いつか破綻《はたん》する日が来ることを覚悟しなければならない」（羽田沖に沈んだ全日空機の事故調査委員会の悲痛な報告書の中のことば）のである。

山本夏彦のよくいっていたことばもおもいだす。

「テレビがなかった時代に、何かこまったことがあっただろうか、みんな幸せに毎日を送っていたではないか」

# 文明はこうしてすぎる

もう、六〇年近く前のこと。三鷹《みたか》のさる電気器具の会社が、電気洗濯機の試作をした。それは回転式ではなく、洗濯機の部分が振動して汚れを落とすというもので、いいかもしれないとおもっていたところ、その機器は試作品だが手に入るということがわかって、ともかく買った。

それは、振動板から出ている長い棒から、ねじ込み式の両腕が出ているというもので、桶はべつに買う。その桶につかまるようにして両腕を設置し、前述の長い棒から出ている電源を差し込みに入れ、スイッチを入れると振動をはじめ、洗濯ができることになるのだが、実際にこれをやると、まず感電する。万事設定を終えたのちにスイッチを入れるが、なんとスイッチを入れたとたんに、大振動がはじまり隣近所のひとをあわてさせずにはおかない。で、雑巾をはさんで設定するが、それでも音がしずかになることはなかった。そのくらいだから安くて便利はよかったが、やがて買い換えるときがくる。

同じころ、小金井に水道が普及しはじめ、その関係で井戸からは水が出なくなった。しかたがないから、そのころアカガネ製の自動ポンプを屑屋に売り、井戸を埋めた。そのとき、わが振動式洗濯機も井戸の底に落ちた。自転車も落ちたがこれは途中でひっかかって、もっとたくさんのものを落とすことができたのに、と残念がった。いまはあれほど古典的な洗濯機を持っているひとはないだろうから、しまった、埋めるのではなかったと後悔している。

参考までに書く。ヘミングウェイは自動車のうしろにドラム缶をのせ、その中に洗濯物をぶち込んで粉石鹸などを入れておく。走って帰ると、夕方にはきれいになっていると書いている。なんといいことを考えついたのだろうとおもう。

水道は栄え、井戸は涸《か》れた。井戸は埋めて、その上には家が建っている。洗濯機がなかったころは不自由だったか。不自由とはだれも思わなかった。

文明はこのようにしてすぎる。むかしはナビゲーターなしで、ヨーロッパ各地を走っていたのに、いまは（アイスランドの火山が噴火して）衛星を見失って、わたしたちの泊まっているホテルに帰れなくなることがある時代になった。便利はたしかにいい、その反面にうしなったこともたくさんある。

フランスでは、どこでも洗濯場があって、隣近所の女将《おかみ》さんが集まって、村中のうわさをしながらやっていただろう。そういえば、彼女たちは、雨が降っても洗濯物を取り込もうとしないし、物干し竿というものを見たことがない。紐《ひも》を張ってクリップでとめるのがふつうだ。それに、あらったものを芝生の上に広げる、洗濯物一つをとってみても文化が違う。

そういえば、イギリスではコーラを冷蔵庫で冷やすということをしなかった。

セーヌ川を家庭洗濯機から出た泡が渦をまいてえんえんと流れていた。かれらは泡になじみすぎたらしい、レストランでも食器を泡の中に入れてあらうと、あまりすすがないでもいいとおもっている風がある。映画で泡のいっぱい浮かんだ風呂を見ることがあるが、あれは石鹸の泡ではない。

# ゴミ

東京都全般がどうやら水洗トイレになったのは、東京オリンピックのあとである。それまでは神田川のお茶の水の橋の下を、人間の出す廃棄物を満載した船がくだっていた。

くみとり（バキュームカー）からふつうのトイレ、いまでは湯水で尻を洗う水洗トイレができて、中国の万博に出品されているのを見た中国人が「これは清潔だ」と感心していた。それまでの中国のトイレは厠《かわや》といい、その投げやりなまでに汚いことは定評があった。ところが厠も雪隠《せっちん》も日本にあり、同じものを別名でよんでいるにすぎない。

同じものが日本にもあったのだ。野戦の軍隊がそうだった。一種のきまりとして、一メートル立法の穴を掘り、四方に柱を立て、二本の板をわたし、むしろで四方を遮蔽《しゃへい》する。ドアはむしろである。わたした板の中程までしずしずと進んで用を足すが、雨の日は傘がないから大変だし、しなる板は折れるのではないかと気遣った。

三〇年ばかり前の中国での経験だが、そのころのトイレはコンクリートの床で一〇畳一間くらいの部屋であった。共同である。見わたすかぎりの広さの中に、先に書いた二枚の板にあたる部分がコンクリートで、縦に長い穴があいているから、一列につき四人は用を足せる。この細長い穴がいくつもあいていた。隣との境目はないから、世間話をしながら、用を足す。下をのぞくと斜面になって、田畑に通じ、そこから有機肥料を掻《か》き出すという、合理的なものであった。

おわいというから、いまは汚穢《おわい》とみえるかもしれないが、有機肥料だとおもえばこんなに大切なものはない。むかしはくみ取りにきた農家のひとが大根などをお礼に置いていったものである。

汚穢といっても人間はみんなそうで、清潔にといっても人間はロボットではないのだから、生きているかぎり汚穢とともに暮らさねばならない。中国に水洗つきのトイレができてもいいが、ほんとうのことをいうと、おわいは汚穢で、そのほうがいいのである。なぜかというと、人間はやがて年をとり、下《しも》の世話をしなければならぬときがくる。そのとき、下の世話を汚いこととおもわずにすむだろうとおもうからである。

むかしは、袋に金魚を入れて持ち歩くということはなかった。金魚を買うときは何かの器を持って買いに行った。この違いはニュースになった。ナイロンとか、プラスチック製品というものが出てきたからである。セロファンテープが出まわったのは昭和二十八年ごろからだった。最初は貴重品だったが、いまは宅配便という便利な輸送手段ができたため、荷造り用品としてはなくてはならぬものになった。

カップ麺という類のものがあるが、あの容器は使い捨てで、熱を伝えない気泡プラスチックというものでできている。一度、庭の枯れ葉などといっしょにして芋を焼いた。そのときなんとも形容のしにくいひどいにおいが焼き芋に移った。試しに一口だけ口に入れたら、もうそれだけで吐き気がした。しかも何度口をゆすいでも、そのにおいは一日中消えなかった。分別ゴミというものがあるが、これはそのやっかいなにおいのためであるとおもった。そしてプラスチックを敬遠する声も出はじめた。

むかしは、あんなに自在にくねくね曲がるビニールパイプはなかったが、しかし、いまはカテーテルという医療機器が生まれた。わたしもその恩恵に浴し、その機器で狭心症治療のステントを入れてもらった。

むかしは、ゴミはほとんど出なかった、生ゴミは豚を飼う人がとりにきてくれたし、風呂で燃せるものはみんな灰にした。強いていえばガラスの破片くらいのものだった。いまは分別してゴミを出さねばならない。

## 米穀通帳

いいたいことは、文明の進展の、昭和初期以来の五〇年の変化が、昭和初期までの五〇〇年間に起こったことよりもはるかに密度が高く、はげしい変化だったことである。これはわたしの意見ではなく科学史家の見解である。

それだけではない。昭和初期にはなかったものが、いまあることも激変だが、昭和初期は日本にとって、太平洋戦争のはじまりから、敗戦による戦争終結の時代だったことを書きそこなっていた。

わたしたちは、その昭和初期に青春時代をすごした。はやっていた歌は、軍歌といわれる「愛国行進曲」「愛馬進軍歌」「空の神兵」などのほか、「蘇州夜曲《そしゅうやきょく》」などで、詞だけでいえばほとんど戦争遂行の歌だったが、いまも口をついて出るし歌詞も覚えているのは、それが青春時代

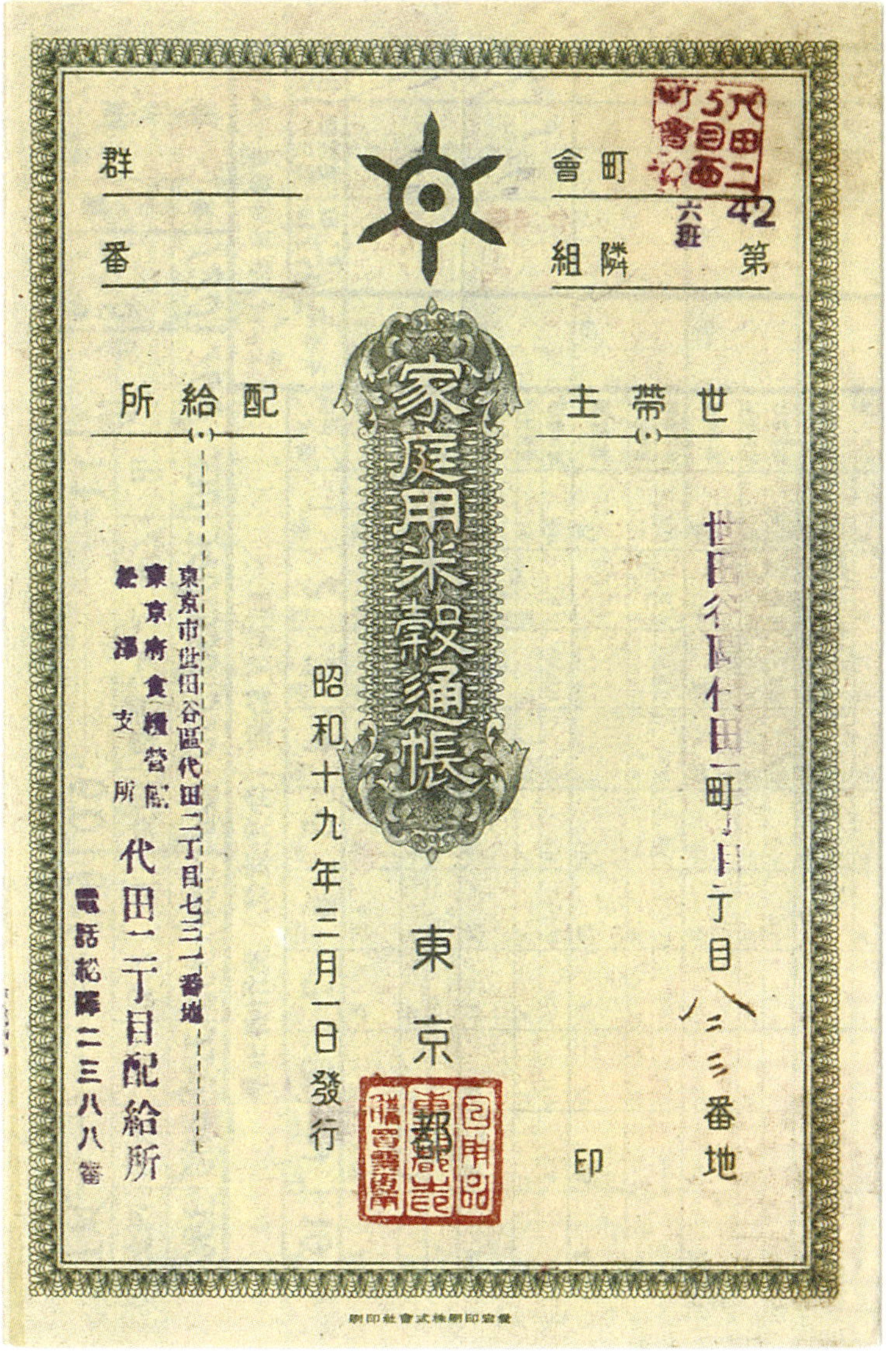
町會
第
隣組
42
六班
群
番
世帯主
世田谷区代田二町目
一丁目
八二三番地
印
家庭用米穀通帳
昭和十九年三月一日發行
東京都
配給所
東京市世田谷區代田二丁目七三一番地
東京府食糧營團
經堂支所
代田二丁目配給所
電話松澤二三八八番

179　米穀通帳

# 米《べい》穀《こく》通《つう》帳《てふ》の取《とり》扱《あつか》ひに就《つ》いて

一　本通帳《ほんつうてふ》が配付《はいふ》されたら、直《たゞち》に世帯主《しよたいぬし》の印《みとめ》を捺《お》した上《うへ》家族名簿欄《かぞくめいぼらん》に氏名《しめい》共《そ》の他《た》の事項《じこう》を書《か》き入《い》れて下《くだ》さい。區市町村《くしちやうそん》から交付《かうふ》を受《う》けた際《さい》家族數欄《かぞくすうらん》の人員《じんゐん》に相違《さうゐ》を來《きた》してゐる時《とき》は「異動申告書《いどうしんこくしよ》」に依《よ》り隣組長《となりくみちやう》を經《へ》て町會長《ちやうくわいちやう》（又《また》は部落會長《ぶらくくわいちやう》以下《いか》同《おな》じ）に申出《まをしで》て下《くだ》さい。

二　配給所《はいきふしよ》から米穀《べいこく》の配達《はいたつ》があつた都度《つど》「米穀配給表欄《べいこくはいきふへうらん》」に配給月日《はいきふがつぴ》、數量《すうりやう》、金額及次回配達豫定日等《きんがくおよびじくわいはいたつよていびとう》の記入《きにふ》捺印《なついん》を受《う》けて下《くだ》さい。

三　毎月一日《まいげつついたち》に必《かなら》ず通帳《つうてふ》を町會長《ちやうくわいちやう》又《また》は隣組長《となりくみちやう》に提示《ていじ》して家族數欄《かぞくすうらん》に家族數《かぞくすう》の記入檢印《きにふけんいん》を受《う》けて下《くだ》さい。

四　家族數《かぞくすう》、職業及外食《しよくげふおよびぐわいしよく》の有無《うむ》に異動《いどう》を生《しやう》じた時《とき》は直《たゞち》に通帳《つうてふ》に「異動申告書《いどうしんこくしよ》」を添《そ》へ隣組長《となりくみちやう》を通《つう》じ町會長《ちやうくわいちやう》に申出《まをしい》で通帳《つうてふ》の「世帯一日當割當量《しよたいにちあたりわりあてりやう》」の訂正《ていせい》を受《う》けて下《くだ》さい。

五　本通帳《ほんつうてふ》を災害等《さいがいとう》の爲滅失《ためめつしつ》した場合《ばあひ》は「通帳交付申請書《つうてふかうふしんせいしよ》」に依《よ》り隣組長《となりくみちやう》、町會長《ちやうくわいちやう》を通《つう》じ區市町村《くしちやうそん》に申出《まをして》て下《くだ》さい。

六　本通帳《ほんつうてふ》は他人《たにん》に讓渡《ゆづりわた》し又《また》は貸與《かしあたへ》することが出來《でき》ません。

七　本通帳《ほんつうてふ》に都印《といん》共《そ》の他《た》の所定印《しよていいん》の無《な》いものは無效《むかう》です。

八　本通帳《ほんつうてふ》は使用濟後《しようずみご》は區役所《くやくしよ》に返納《へんなふ》して新《あた》らしい通帳《つうてふ》と引換《ひきか》へて下《くだ》さい。

九　砂糖《さとう》、マッチ等《とう》の配給《はいきふ》の爲係員《ためかゝりゐん》より本通帳《ほんつうてふ》の提示《ていじ》を求《もと》めることがあります。

（東京125）

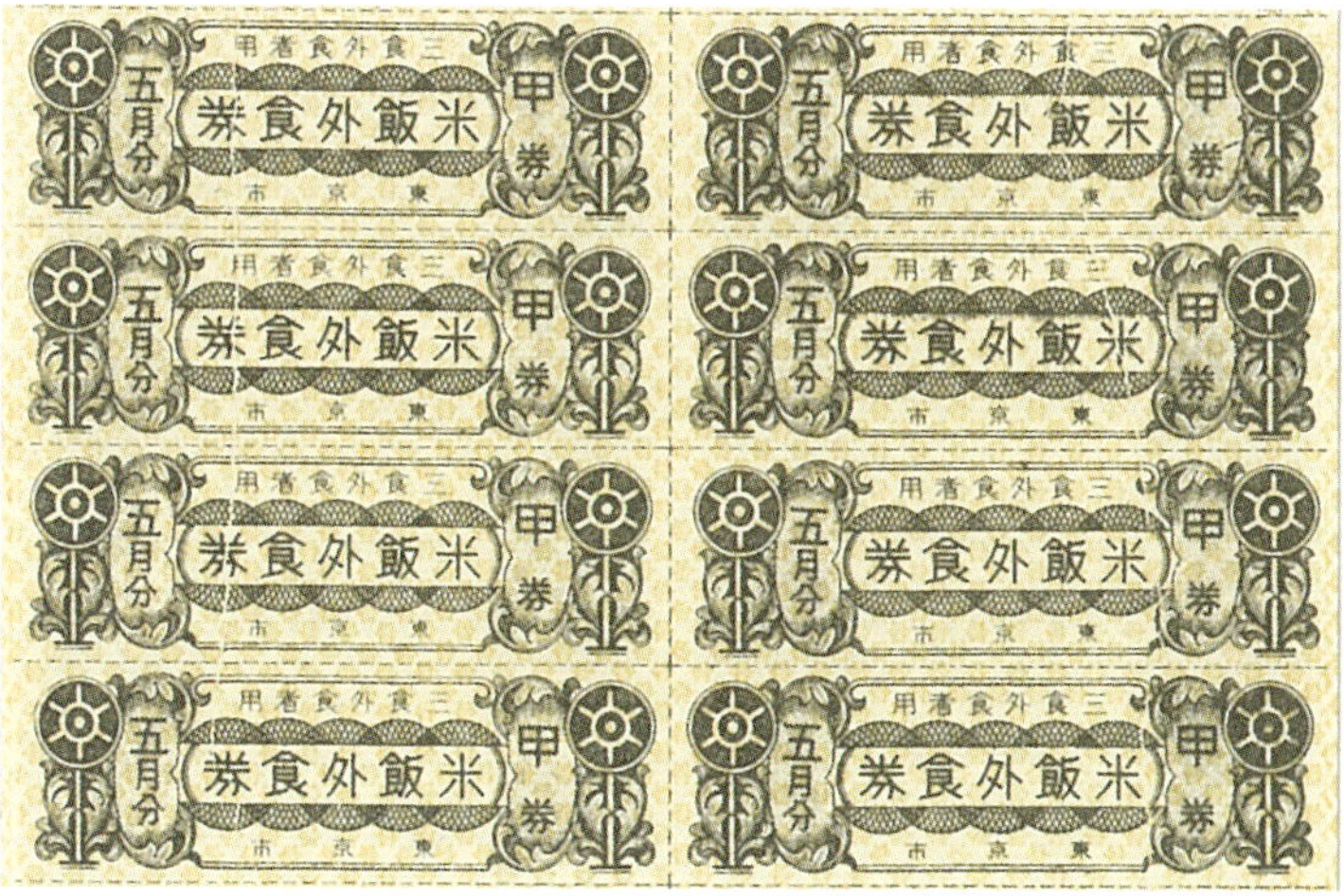


と重なっていたからだろう。

昭和初期といまとではそんなにも時代の様相が激変している。わたしの家で、いらないものはすててしまうほど徹底的に掃除していたら、昭和十九年の米穀通帳が出てきた。これはわたしのものではない。わたしはそのころ軍隊にいっていたから、なぜこれがわたしの家から出てきたかはっきりしない。世間は食料がなくて、みんな買い出しに行き、といってもお金で買うのではなくて、衣料品との物物交換だった。そうしてわずか二、三升の米をやっと手に入れて、上野へ帰ったころに闇列車だといって警官隊に検束され、あのお米が線路に散乱した泣くにも泣けない時代の写真が残っている。この通帳はおもしろいとおもって手に入れたのだろうが、いまとなってはわが家のたからとなった。そのころの米穀通帳と、外食券の本物である。外食券というのは配給米をもらうときに米はもらわず券をもらい、その券を持って旅行し、行った先で、外食券食堂を見つけてごはんをたべさせてもらうための券である。そこに印刷された文章を読んでみたら、意外に戦時色はなくて、いい文章だった。

配給は大人一人、二合五勺《ごうしゃく》だった。この帳面ではグラムになっている。

宮沢賢治《みやざわけんじ》の「雨ニモ負ケズ」という詩には「一日ニ玄米四合ト」と書いてある。一日四合食べられれば、文句はない。そのころ闇米はたべないと宣言して死んだ判事がいた事件は有名だった。これを事件というか。では生きながらえていたものは、闇米かそれとも米以外の何かをくって飢えをしのいでいたことになる。あるいはまた、記事にはならなかったが、死んだひとがあったのかもしれない。わたしはこれらのことを懐古趣味で書くつもりはない。

戦争の時代は「国民精神総動員」といって、兵隊も一般人も、苦しい中を戦ったのだ。あんなに、食料のない時代をよくもしのいできたなとおもいだす。食料の欠乏は弾丸がなくなったのも同じなのだ。

「むかしはよかった」という懐古趣味なことをいいたくはない。原発など問題はあろうが、それでもわたしは、むかしよりいまのほうがいいとおもっている。昭和初期といまとの違いは、文明の違いというより、むかしは戦時中だった、いまは平和、という違いのほうがあまりにも大きいと、わたしは感じている。

# 結婚

昭和のはじめのことを書きすぎた。そのために自分の結婚だとか、仕事のことなどうっかり書き忘れるところだった。

わたしの結婚は、書くほどのことはないし、たいした参考にもなるまい。先方もわたしもすでに父をなくし、ともに母しかいなかったから、結婚に反対するひともなかった。時代はまだ戦後で（映画羅生門《らしょうもん》の受賞が昭和二十六年、三鷹事件が昭和二十四年）、わたしが東京へ出てきたのが二十五年、結婚は二十七年。そのころは盛大に結婚式をするような世相でもなかった、第一、空襲で家が焼けて、そのような資財もなかったし参列するひともなかった。このようにいってみてもだれもほんとうにしてくれそうにないが、そんな時代だった。

仲人は、もとおせわになった学校の校長で、ちょうどあんのくんが帰っているのなら、このさい見合いをさせてしまおう、とおもいついたらしい。先方も母子家庭、こちらも父がなくなったばかりだ。由緒をいえば、おじが海軍関係、兄たちは三人ともに海軍の将校だったひとばかりだ。わたしときたら敗戦船舶兵で代用教員で、くらべものにはならない。金鉱王よりはすこしましな、絵描きになりたいという夢を見ている人間の縁談がまとまるはずはなかった。

見合い結婚だったというのは嘘《うそ》ではないのに、ひとは、熱烈な恋愛のなれの果てだと話を大きくする傾向にある。事実は東京へ帰る前、そそくさと見合いをしたことになる。そのころ見合い写真というものはなかった。夢見がちな人間の見合いの成果は、前述の金鉱王と大差はなかった。結婚式もカミさんが上京するという事実をもって式に代えた。でも、まだいい、昭和初期は見合いというよりも、結婚式の当日はじめて相手を見たというひとが少なくなかった（わたしの姉はそうだった）。われわれ庶民はまだいい。そのむかしは、政略結婚がほとんどだった。いいにくいけど人質の意味もあった。女性は怒っていいと思うが、いまは女性の人権はまもられているし、このごろは女性のほうが強い場合もある。

はじめは、町田《まちだ》の養運寺《ようウんじ》という寺の離れを貸してもらっていた。主は日高敏隆によく似たひとで、話もおもしろかった。奥さまはわかく、小学一年生の照子ちゃんと、秋重ちゃんという男の子がいて二歳くらいだった。とてもかわいくて、たとえば米櫃《こめびつ》と砂場との区別がつかぬらしく、米櫃の中に入って米をざーっと表に掻《か》き出して遊んでいた。その後何十年たったのだろう、日本橋の高島屋で、「安野先生」と声をかけてきたひとがあった。だまっておられたのでわからなかったが、お米を掻き出していた秋重ちゃんだった。跡継ぎの立派なおぼうさんになられていた。

ある日、姉の照子ちゃんに上野の動物園を見せたいとおもってつれて行った。そのころは物乞いが多く、なかには立派な身なりをした紳士もいた。動物を見すぎて、帰りは暗くなったので、町田まで行き、重い子をおんぶするなどしてやっと帰ったら、お父さんは帰りが遅いのを心配して、玉川学園駅までわたしたちを迎えに行っていた（こちらは山道）。わたしは、今度は玉川学園駅までお父さんを迎えに行った。のちに、じぶんにも子ができてはじめてお父さんの心配がわかった。秋重さんから、お姉さんはなくなったと聞いた。

その後、小金井の絵描きに知っているひとがあるから、「訪ねて行って家をさがしてもらうといい」という同僚があって、出かけた。ゴッホによく似た絵を一枚イーゼルにかけて、ボロボロの綿入れを着、ついに画家の希望はすてたらしいひとが二階にいた。そこの廊下から下を見ると、板の間が隙間だらけで下の道がみんな見えた。いわば、いかにもサーカス団の楽屋みたいなところだった。落魄《らくはく》に身を任せている感じのひとだった。格好と語り口は違った。とても親切で、そのひとから教えてもらって、小金井の集合貸し屋の二階を見つけて借りた。

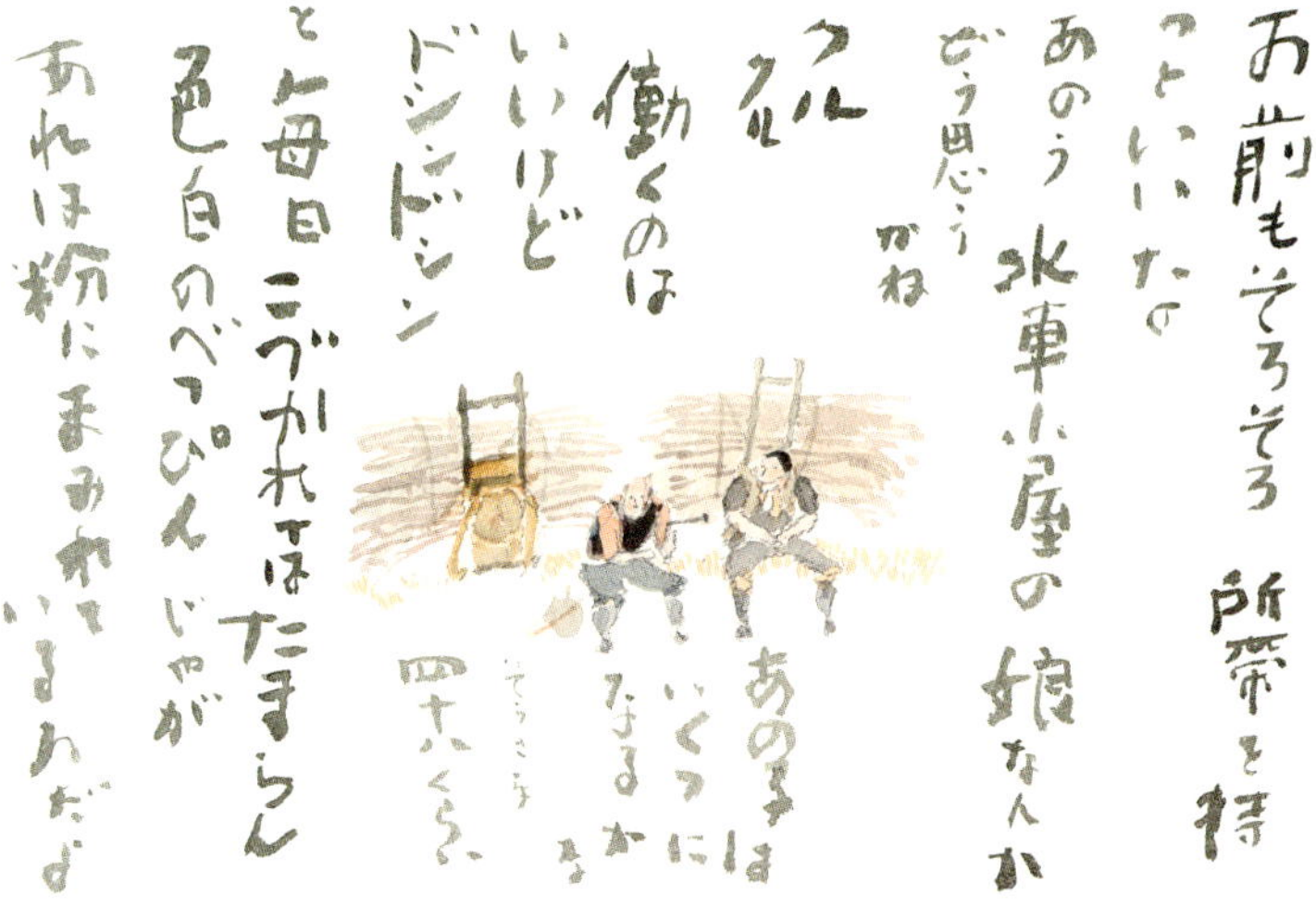
お前もそろそろ所帯を持つといいな
あのう水車小屋の娘なんかどう思うがね
働くのはいいけどドシンドシンと毎日こづかれてはたまらん
色白のべっぴんじゃが
あれは粉にまみれているんだよ
いくつになるかな
四十六くらい

神仏を信じないわたしだったが、養運寺という寺にいたせいか、文字通り運がよくて、府中の根岸病院（いまもある）のそばにできた都営住宅の抽選に当たった。隣は武藤さんというわたしと似たような夫婦。裏は野崎さんという手本にしたいほどよく働く一家だった。公務員だったが、家族も多かったために朝早くからみんな納豆売りに出ていた。一軒おいて隣には新宿高校の先生、東宝争議でくびになった道林一郎、そのひとの世話で真山《まやま》美保《みほ》の「泥かぶら」という芝居のポスターか何かを描いた覚えがある。その都営住宅に二年くらいいて、今度は住宅金融公庫の抽選に当たって、三十万円貸してもらえることになった。そのころ一坪二千五百円くらいの小金井の土地を見つけ、そこに貯金を二十万円くらい足してアトリエを建てた。富士が見えた。

そのころ、柳宗理《やなぎそうり》という人のデザイン感覚にしびれていたので、駒場におられた先生のアトリエをたずね、家の設計を頼もうとしたら、画家志望だというくらいなら、アトリエの設計くらいじぶんでやりなさい、といわれた。なるほどそうか、とおもい、帰りに設計の本を買って帰って、夢中になって設計をした。長谷川一級建築事務所というところへ設計書を持っていって過ちを指摘してもらおうとおもったら、「ほほう、卒論ですか」といわれて、心の中ではちょっと、よろこんでいいのかどうかわからなかった。

なに？　住宅金融公庫だから、アトリエでは金を借りるわけにはいかない？　「とにかく、ここで金が借りられて家が建つようにしましょう」といってくれた。そして飯島さんという棟梁《とうりょう》に紹介されて、ともかく、アトリエらしき住宅ができた。アトリエらしき広間は、廊下になり、物置になり、子どもの滑り台が持ちこまれ、アトリエ王の夢ははやくも破れた。このあたりのことは、ほかでも書いているので省略する。

のちに柳宗民《むねたみ》（柳宗理氏の弟）というＮＨＫの園芸を担当なさっていた方に会った。「アンノという男が宗理さんに設計を頼みに行ったという話がある、といったら、知っているよといわれた」という。

# 新聞王

この年になって、いろんな新聞社ともつきあうようになったが、わたしが新聞をつくったことはだれも知らないだろう。前述したが、「緑の白船」という連載小説まで載せていた。「緑であり、白い船」とはどういう意味なんだと聞いたのは浩というひとだった。なにしろ題名だけできて格好がいいとおもってうっとりしていたのだから長続きするはずがなく、そして、その小説の失敗のために、わが新聞は二号をもっておわりを迎えた。「その題名を考えたのはわたしではない」といったけれど、まあそういうやいなや、わたしは二度とこんな恥ずかしいことはしないだろうとことわって、この記述はおわる。その顚末《てんまつ》はほかの本『起承転結』（青土社）、『エブリシング』（青土社）に書いてしまったので、ここには書かないが、暇のあるひとは読んでもらいたい。

新聞の発行部数は二部、荻野君が半分書き、わたしも半分書いた。印刷ではない、いまや貴重な「手づくり」なのだ。学校へ持っていって友だちに「頼むから読んでみてくれえ」と景品つきの営業活動までやった。それを覚えていてくれた友だちもいた。「みっちゃんらあが、新聞をつくっとったろうが、ありゃあおもしろかったで」といってくれたのは、人間の完成ぐあいがすばらしい同級の清水誠一だった。

わが新聞に載ったバリカンという記事を覚えている。わたしのうちでは両手で使うバリカンを買った。右手のハンドルは前進のみ、左手は親指と中指とでバリカンの柄《え》を動かし、バリカンの歯を左右に往復させ、髪を切りながら前に進む。ただし櫛《くし》のようなバリカンの刃を研ぐことは無理である。だから中古を買った床屋さんに持参して研いでもらった。中古だから、バリカンに髪の毛が食い込み、切るというより引き抜くようだったとしても無理はない。そのうち、片手で動かすバリカンができた。父の試験台になった弟は痛い痛いと泣いた。左手で頭をおさえ、右手で切り進むのだが、弟は「お兄ちゃんがやってくれえ」といった。

わたしは父のやりかたは、切れないうちに前進するから引き抜くようになって痛い、ゆっくり進めば咥《くわ》えて引くことはないと考えた。弟はわたしの腕に満足した。「おまえなんかまだバリカンだからいい。僕なんか長い間、カミソリで剃られたもんだ」といった。親父が「痛くても

大きくなったら
散髪屋さんにな
ります
ぼく
のことを
トラ
がき
な
トラがきたとはやしたて
た屋根屋のおじさ
んをトラにしてやる
おとうさん
は虎に
できない
ハゲる
から

がまんしろ」というのは、大げさに聞こえようが幼児虐待である。たまりかねて虎刈りのままで歩いたら和崎（山東）医院の近くの屋根をなおしていた大工が、「やあ、今日は虎が通るぞ」とはやしたてた。いまに覚えていろ、こちらは新聞に訴えて子どもをばかにした大工に仕返しをしてやる。「某月某日虎でもない子を虎といってはやしたてた、ゆるせない大人がいる」。充分、新聞の主張に足りる記事だったとおもっている。電動バリカンができたのは、ずいぶんあとのことである。

松下幸之助という偉いひとが、二股ソケットなどを売って歩いたと聞くが、わたしの知っているひとは、一本の犬歯が大きくのびているのを看板にした、おもしろいひとだった。電気バリカン・電気ごて・電気アイロン・色つき電球・各種ソケットなどなど、屋台に山ほど乗せて売りにきた。

思うにあのころ、文明はしずかに移り変わり、エネルギーの変化がしのび寄ってきていたにちがいなかった。

むかしは竹竿ばかりで
はかりました。西洋でも
飴を上手に 竹竿ばかり
で量を
はかりました。
今はボタンを押すだけ
でおつりまででてきます
ハイ奥さまおまけになってます
ハイ
2ヶ
三銭
ですよ


# 駄菓子屋

駄菓子屋は昭和初期の文化だったといっていい。これは日本だけではなく、キプロス、中国、トルコなどでも見たから、外国にもあるらしい。大人になったものもかつて通ってきた道だから覚えてはいるが、一応卒業している。しかしそこにくりひろげられているのは子どもの世界そのものであった。

いまも川越市には駄菓子屋通りがあり、中学生たちが修学旅行で遠くからやってくるらしい、駄菓子屋の世界の興味だけはつづいているのだろうか。店のおばさんが聞いた。「あんたたちどこからきたの?」。子どもたちが答えた。「所沢の中学校!」。わたしは苦笑した、それは隣の町なのである。

東京へきて、一時期、小学校の美術教師をやっていたが、その教室の真ん前の通りに、彫刻屋が店を開いた。粘土を型に入れて形をつくり、キンギンの粉をつけ、そのおじさんに見せに行くと点をつけてくれる。うんといいものができると、褒美《ほうび》に型をくれる。その型がほしくなって、また粘土を買い、しかも校門の前の道ばたに座りこんで励む。小遣いを出せば型は売ってくれるし、キンギンの粉も売ってくれる。型にはめてつくるのにどうして優劣ができるのか、キンの使い方に問題があるのか、と子どもたちは心をくだく。

わたしは深く反省する。教室ではあんなに夢中になって工作をしている子どもたちを見たことがない。反省してもどうすればいいか、いまもわからない。

御徒町《おかちまち》の飴屋横町に行くと、当て物の卸屋さんがあった。くじを引くと一等が一枚、二等が三枚など、麗々しい賞品とハズレのいかにもあわれなもの(のするめ、勲章のいろいろ、飴菓子など)が、一揃いになってできあがっているものがある(当たりくじははじめから店の人にわかるようになっていた)。わたしはそれらを買って帰り、毎日のお土産のかわりに、くじを引かせた。わたしは一等のくじは別にしまっておいて引かせた。おもしろいことに、幼い時代からそんなことをさせては、大人になって競馬競輪に凝《こ》るようにならないかと心配したこともあるが、じっさいにはそんなことにはならなかった。

# たばこ

夏休みがきて、郷里に帰ってみると、みんなが短い間に変わってしまっているのがふつうである。ニキビのできた子、急に背が高くなった子。多少不良に見える子、煙草《たばこ》を吸う子、これが一番わかりいい。

煙草を吸うものは、「とうぜんきみも吸うんだろう」という顔で煙草をよこす。そのとき「ああ負けた、あいつは英雄だ」とおもったらおしまいである。煙草を吸って、少し大人の仲間入りをしたきぶんになっても、ナマイキという、ある意味では馬鹿にした気持ちもある。煙草はだれでもそうだとおもうが、一度吸って、もうそのときからおいしい、というものではない。強烈に吐き気がきたり、頭が痛くなったりして、その「英雄期間」をこえて煙草吸いになる。

問題なのは、わたしが肺ガンになったとき一番先に医者にいわれたのは「煙草を吸いますか」

ということだった。吸っていました、やめてから五〇年にはなりますがそれでも関係があるでしょうか、といったら、まだデータとして確定的なことはいえないが、煙草の害によるガンというものはあるらしい。ガンのためでないが、「煙草と英雄」の関係だけのため、後悔とともに禁煙をじぶんに課してたたかい、五年間の苦闘の末にようやく解放されている。

じぶんの「煙草と英雄」の関係を重くみることから、わたしの娘はもちろん息子、花婿親類縁者のなかに煙草を吸うものがないというラッキーな状況が生まれている。これはうれしいことなのである。煙草の害というより、かれらは「煙草を吸うものを英雄視しなかった」ことに、わたしは感謝している。このことをおもう度にじつに愚《おろ》かなむかしを償いたいという気持ちがこみあげるのである。

# 試験

わたしは試験というものに極度に弱かった。学校の勉強はまだいいが、塾というところは「試験」というものを目標にして勉強しているとみていい。たとえば、自動車の訓練所は、早く運転免許証を手にするための学校だから、「右後方の三角窓にポールが見えたときにハンドルをいっぱいに切る」というような暗記ものにして能率をあげようとする。

外国語を能率よく勉強するために、文法から入り、過去形・過去分詞などとやる。わたしは生来文法がきらいで、日本語の文法もろくに知らない。

外国語をやるのは、独学流でむやみに本を読むだけ。音もたまには聞く。のちに漱石が英語の勉強法として、やたらに「読むに限る」といっていたのにわが意をえた。時間があればそれでいいとおもうひとがあるかもしれないが、なくてもわたしはそれがいい。

一手だけ待ってくれ
おまい弱い者いじめ
して
いいのか
王手
飛車
おじさんの負けだ
一手だけ待ってくれ

つまり、世の中には試験タイプのように、「それが何故おもしろいかというと、勉強することによって、つぎつぎと上の段にあがっていく。いい点をもらって励みになることもある」と考えるものと、その反対のタイプのように、「学習すること自体がおもしろい。そのための点とか合否判定などには、関心がない。学習のテーマも、おもしろくなかったら、関心もない」と考えるものとの二つがあるとおもう。ほんとうはどちらがいいかわからない（わたしは、後者らしい）。試験に強いひとは、それで上のクラスにパスし何級などと励みになることを励行している。

外国語の使われる場面を想定して、ホテルでの外国語、駅での外国語、というぐあいに整理して工夫されている例もあるが、そういう即効性のあるものは、わたしはだめである。そのほうがいいとおもうひともあるから、それは、それでいい。わたしには、にあわないのである。

記憶力チャンピオンというようなものが、NHK主催で開かれているのを見たことがある。舌を巻いておどろいたがそれでどうなるのか、とおもってむなしくなった。π《パイ》を何十万桁《けた》まで覚えているというひとに会ったこともある。それはほんとうだった。むなしくはないだろうか。その見事な記憶力とは、本に記録してあることを暗記しているだけで、暗記のオリンピック以外では必要があるまい。

わたしにはその種の記憶力はない。これはタイプの違いだから、どうすることもできないのかもしれない。その場で何とかしようとするタイプらしい。能率はすこぶる悪い、しかしおもしろいとなれば、このほうがはるかに、おもしろいとおもう。おもしろいはずのものを、試験のためにおもしろくなくしてしまうのはもったいないとおもっている。たとえば外国語の場合、自国語の文法などとは関係なく、読み書きをしているのだから。

試験勉強のような学習のしかたはよくないと、何人ものひとがいってきたが、そうはいっても、実際には試験というものが目前に横たわっている。勉強もこれに対応しなければならぬようにできている。父兄、父母の立場からも、試験に対応できる先生をいい先生だとおもっている。学校の授業も、能率をあげることに腐心しているようにみえる。

絵の描き方を例にとると、人物の描き方、静物の描き方、風景の描き方、陰のつけ方などなど、説得力のありそうな方法を教え、それをマスターできれば絵も描ける、と考えやすい。実際はそうはいかない。

わたしは、ひとのやるスポーツは見るが、それを仕事にしたいとは考えてみたこともない。ことわっておくが、ほかのひとが迷信や、神を信じ、特定の宗教に凝《こ》っても、わたしはけっしてとやかくはいわない。だから勧誘もしてほしくない、時間の無駄だし、信教の自由というものである。

お寺と関係をもつ、つまり檀家《だんか》になると、面倒である。とくに戒名《かいみょう》は問題がある。フランス文学者の河盛好蔵《かわもりこうぞう》、大佛次郎《おさらぎじろう》はどちらも戒名をつけていないという。ほかにもいろいろおられるだろう。わたしも戒名はつけない。そういう遺言でも残さないと、あとでどうしていいかわからないことが起こるという。わたしは息子がしっかりしているから大丈夫だとはおもうが、いいチャンスだから、ここに遺書のようなものを書いておく。

「遺言・わたしは、戒名をつけたくないから、よろしく頼む」

自分が宗教を信じないからといって、信じないひとを増やそうとはおもわないし、ばかにしたりはしない。それほど過激ではない。

ついでに書くが、わたしは『安野光雅の異端審問《いたんしんもん》』という本の中で、「わたしの家の玄関に賽《さい》銭箱《せんばこ》を置いて、ひとがお金を入れたらどうなるか」と調べたことがある。答は「どうともならない。やってもかまわない」という回答だった。

初詣のときなど、山ほどのお賽銭がとび、前列のひとの首の中に入るほどで、その勘定は銀行員に頼むところもあるのだという。早い話が、お宮のお金持ちにくらべれば、貧しいとおもえる善男善女からお金を集めるのは、いかがなものか、とおもう。しかし、お賽銭は拝観料とちがって神社の強制ではなく、お賽銭をあげるか、あげないかは、参詣したものの自由で、一種の寄付行為である。ただし拝観料のほうはただのほうがいい。

# 走れピシアス

走れメロスに類する話は、地中海一帯に伝承されている、一種の土俗的民話である。太宰《だざい》治《おさむ》がそれをもとにして、英雄気取りのメロスを書いた。ここまではいいとして、ある年の中学国語教科書にいっせいに載った。メロスが英雄気取りであるところが問題だと考え、この話を（長さの関係などから）どの教科書にも載せる編集者をうたがいたくなる。

皇太子の教師だったヴァイニング夫人もこの地中海伝承の話をもちだされた。ピシアス（メロスにあたる）が暴君ディオニシアスを非難したかどで、死刑の宣告をうける。かれはいったん家に帰って、両親の今後のことを考えるために、二週間の猶予《ゆうよ》を願い出る。このとき、もしピシアスが帰ってこなかった場合の身代わりになろう、という親友デーモンが現れてこの願いはききとどけられる。本ではメロスが、寝耳に水というかたちでセリヌンティウスを人質とし

足ぶみで回る 脱穀機を
売りにきました
そんなもん役に立たん と
清吉が
いいました
そこで
新しい
機械を
かけて
競走しました
清吉が勝ちました
そして 新品の 脱穀機を また 入れました

て指名するが、このピシアスの場合は、親友のデーモンのほうから申し出るところが違う。刑場へ帰ってくる道中の困難さはほとんど同じで、デーモンが断頭台へつりあげられていくところへピシアスが走り込んでくるところも、本と同じ。暴君は二人の友情に心を動かされて、かれらをゆるす。

　さて、この物語をどうおもうかと、ヴァイニング夫人は（皇太子を含む）少年たち、友人にそれぞれ聞いてみた。その答はいろいろだが、少年たちがしっかりした考えをもっていたことがわかって感銘深かった。その内容はあえてここには書かない。知りたいひとは本で読んでほしい。文藝春秋社から『皇太子の窓』という文庫本が出ているはずだからぜひ読んでもらいたい。われわれの天皇が、どのようなことを感じておられるか、きっとみんな知りたいだろうとおもう。

# 天皇の家庭教師

ヴァイニング夫人が、その大任を終えてアメリカに帰られるとき、最後の授業のおりに残されたことばがある。

わたしは心にしみるおもいで読んだので、ここに紹介したい。

「私はあなた方に、いつも自分自身でものを考えるように努めてほしいと思うのです。誰が言ったにしろ、聞いたことを全部信じ込まないように。自分自身で真実を見出すように努めてください。ある問題の半面を伝える非常に強い意見を聞いたら、もう一方の意見を聞いて、自分自身はどう思うかを決めるようにしてください。今の時代にはあらゆる種類の喧伝がたくさん行われています。そのあるものは真実ですが、あるものは真実ではありません。自分自身で真実を見出すことは、世界中の若い人たちが学ばなくてはならない、非常に大切なことです」
このことば以上に、付け加えることは何もない。

# あとがき

いつだったか、文部科学省が学習指導要領の改訂をしたことがある。そうたびたびすることではないから、最新のバージョンだったとおもう。そのなかのたしか四年生の算数で、台形の公式がはぶかれたことが問題になった。わたしは文科省の立場を理解し、公式がないことを問題にすることのほうがおかしいとおもった。

台形の公式というのは、「上底たす下底かける高さ割る2」というまったくたあいのないもので、この程度の公式を暗記させるという算数教育のあり方を、ふしぎにおもわないことのほうがおかしい（三角形の面積の公式は基本だからまだゆるせる）。図に描くと、たあいのないことだといっていることがわかってもらえるとおもう。こんなことは公式を利用しないでも、考えればわかりそうなもので、暗記教育は、その考えることのおもしろさをなくしてしまったことになる。

おもいだすことがある。

わたしがはじめてヨーロッパへ行ったとき、パリのバスチーユというところの塔の下で、まだ面識のないオーストリア人の学生と出会う手はずになっていた。わたしはしかるべき時間をまもってその場所へ行った。わたしは、やはり正確にやってきたシュベックという学生と会い、はじめてのたどたどしい英語でしゃべった。しばらくしてかれが、勉強の時間だから行かねばならぬ、といい、わたしは「勉強はインポータントだから……」と握手をして別れた。そのとき、行きかけたかれがとってかえして「勉強はインポータントではない、インターレストなのだ」といって、去っていった。一度わが家にきてくれたことがあったが、その後会っていない。しかしかれのことばはいまも心に残っている。

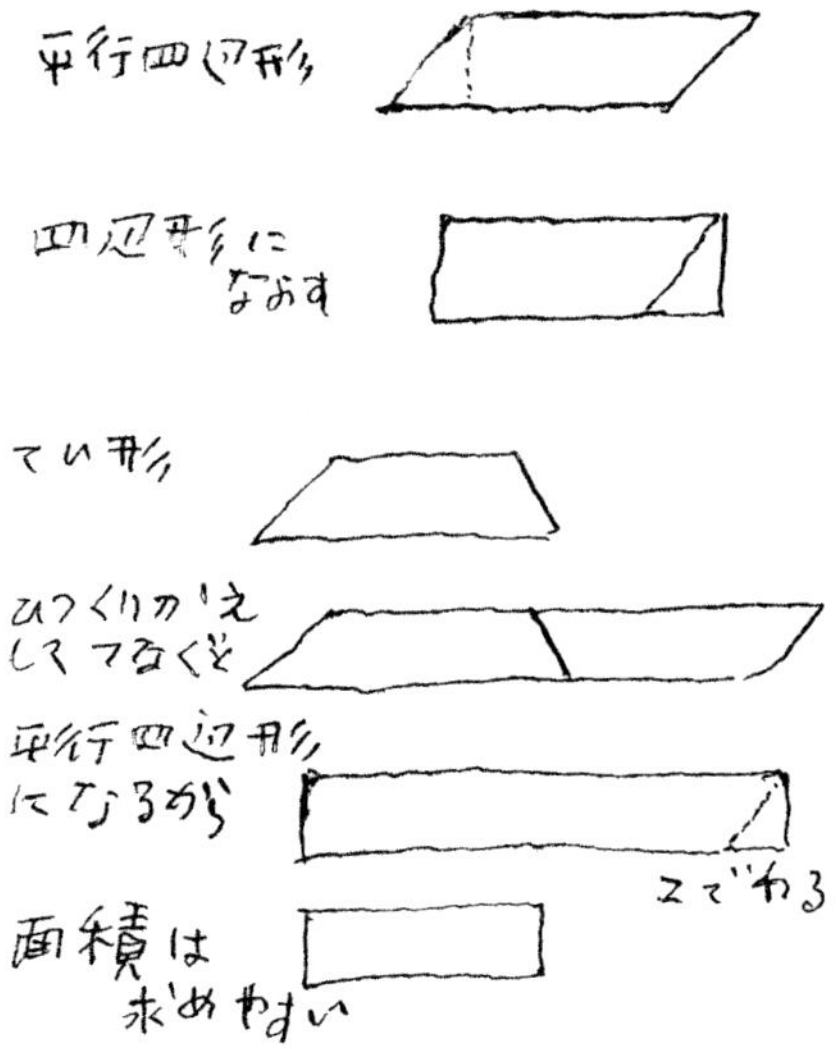
平行四辺形
四辺形になおす
てい形
ひっくりかえしてつなぐと
平行四辺形になるから
2でわる
面積は求めやすい

学問といわれているものはすべて、インターレストなのだ。名誉ということはあろうが、それは結果で、目的ではない。

絵を描いてばかりいて、いいたいことを本に書くなど、好きなことばかりやって、いろんな友だちにめぐまれて、ガンでもたちのいいガンだったからよかったりしたのも、運がよかったというほかない。いま安閑としておもうのだけれど、わたしが東京へきて、はじめて住まわせてもらったのは寺で、その名も養運寺というお寺だったのだ。

つまり、運を養う寺からスタートしたのだった。今度、ご挨拶に行ってこなければならない。

## 安野光雅（あんの・みつまさ）

一九二六年、島根県津和野町生まれ。山口師範学校研究科修了。

一九七四年度芸術選奨文部大臣奨励賞、その後ケイト・グリナウェイ特別賞（イギリス）、最も美しい50冊の本賞（アメリカ）、BIB金のリンゴ賞（チェコスロバキア）、国際アンデルセン賞などを受賞。一九八八年に紫綬褒章、二〇〇八年に菊池寛賞、二〇一二年に文化功労者。

故郷津和野には「安野光雅美術館」がある。

### 主な著作

『算私語録』『繪本三國志』『皇后美智子さまのうた』『御所の花』（朝日新聞出版）、『ふしぎなえ』『旅の絵本』（福音館）、『繪本平家物語』『繪本シェイクスピア劇場』（講談社）、『安野光雅・文集（全六巻）』（筑摩書房）、『津和野』（岩崎書店）、『むかしの子どもたち』（NHK出版）、『絵のある人生』（岩波書店）、『絵の教室』（中央公論新社）、『絵のある自伝』（文藝春秋）、『口語訳　即興詩人』『MOOK安野光雅』『わが友の旅立ちの日に』『原風景のなかへ』（山川出版社）ほか多数。

# 少年時代《しょうねんじだい》

二〇一五年　四月　十日　第一版第一刷印刷
二〇一五年　四月二十日　第一版第一刷発行

著者　安野光雅
発行者　野澤伸平
発行所　株式会社　山川出版社
東京都千代田区内神田一―一三―一三
〒一〇一―〇〇四七
振替〇〇一二〇―九―四三九九三
電話　〇三（三二九三）八一三一（営業）
〇三（三二九三）一八〇二（編集）
企画・編集　山川図書出版株式会社
印刷所　半七写真印刷工業株式会社
製本所　株式会社ブロケード

造本には十分注意しておりますが、万一、乱丁・落丁本などがございましたら、小社営業部宛にお送りください。送料小社負担にてお取替えいたします。
定価はカバーに表示してあります。


ISBN 978-4-634-15072-0